W0317157

spielberg

Lydia Preischl ist ein echtes bayerisches Gewächs. Geboren in einem kleinen Dorf im Oberpfälzer Wald, wohnt sie noch heute mit Ehemann Stefan und Leihhund Amy dort. Nach dem Studium der Theologie und Religionspädagogik, unterrichtet sie nun schon seit vielen Jahren katholische Religionslehre. Das Schreiben betreibt sie nebenher als Hobby und nun, da die beiden Kinder erwachsen sind, hat sie auch mehr Zeit dafür.
Viele Romane sind inzwischen so entstanden, doch der »Wildbiesler« ist das erste Buch, das in Zusammenarbeit mit einem Verlag veröffentlicht wird.

Lydia Preischl

# Wildbiesler

Ein Stoapfalz-Krimi

spielberg

1. Auflage 2016


Lektorat: Sigrid Müller
Umschlaggestaltung: Spielberg Verlag
Umschlagfotos: Gianfranco Bella,
mirpic, bennyartist, fotolia.com
Druck und Bindung: Inprint GmbH, Erlangen

Printed in Germany

ISBN: 978-3-95452-698-7

www.spielberg-verlag.de

*Geschichte und Personen sind frei erfunden.*
*Ähnlichkeiten mit lebenden oder bereits verstorbenen Personen*
*wären rein zufällig.*

# Kapitel 1

»Könntest du mir noch einmal sagen, warum wir da hinmüssen, *Schatz*?« Herzl fuhrwerkte mit dem Akku-Rasierer wild in seinem Gesicht herum und zog eine Grimasse, als das nicht mehr taufrische Messer ziepend über die Kinnpartie schleifte. »Ach, Verdammt!«

»Warum rasierst du dich nicht zu Hause, wie jeder normale, deutsche Mann?«, grinste der eben Angesprochene und dachte sich, dass Gott doch ein gerechter Mann sei. Sein grantiger Beifahrer wusste genau, dass er es hasste, wenn er ihn mit *dieser* speziellen Betonung seines Nachnamens ansprach. Der Schnitzer im Kinn war genau die richtige Strafe dafür!

»Ach … und *Herzl*, wir fahren dahin, weil die Kollegen, die eigentlich dafür zuständig sind, einen Dienstunfall hatten und mit Knochenbrüchen im Krankenhaus liegen.«

»Und wir haben sonst nichts zu tun?«

»Nein, grad nicht.«

Robert Schatz konzentrierte sich auf die Straße. Zum einen, weil das Navi seit einiger Zeit wie wild herumberechnete und keine brauchbaren Anweisungen mehr gab, zum anderen, weil sich vor ihm die Vorboten des wilden Ostens auftaten: Eine endlose Reihe von Schleppern mit – ja, was war das? – Zuckerrüben?

»Dürfen die so überhaupt fahren?«, wunderte sich Herzl.

Er hatte es aufgegeben, mehr als bis jetzt gelungen, von seinem Bart abzukratzen und verbannte den Apparat wieder ins Handschuhfach.

Schatz setzte zum Überholen des ersten Schleppers an.

»Drei Anhänger! Dass der Traktor das überhaupt zieht!«

»Dürfen die das? Die dürfen das bestimmt nicht!«

Schatz unausgeschlafener Kollege hörte sich gerade wie ein nörgelndes Kind an und deshalb ignorierte er ihn.

»Wann sind wir denn endlich da? Wir fahren doch schon fast zwei Stunden!«, nölte der weiter.

Schatz rollte mit den Augen. »Sag mal, wie alt bist du eigentlich? Fünf oder so? Wir fahren jetzt gerade mal eine Stunde und wir haben noch so etwa … schalte doch das blöde Navi aus und wieder ein, das hängt sich ständig auf … also noch so etwa eine Stunde vielleicht.«

»Und wo in Niederbayern liegt das Kaff?«

»In der Oberpfalz!«

Herzl gab auf. Er hatte das Navi, das nun wieder die reguläre Route anzeigte, an der Halterung befestigt und rutschte in seinem Sitz ein wenig nach unten.

»Sag Bescheid, wenn wir da sind.«

Schatz grinste. Er und Herzl passten zusammen wie Arsch auf Eimer, nicht nur wegen ihrer sonderbaren Nachnamen, die sie gegenseitig nur benutzten, wenn es gar nicht anders ging oder einer den anderen auf die Schippe nehmen wollte. Aber Unrecht hatte Herzl nicht. Auch ihm erschloss es sich nicht auf den ersten Blick, warum sie eine derart weite Reise in den fernen Osten antreten sollten, wo sie doch auch in heimatlichen Gefilden genug zu tun gehabt hätten. Auf den zweiten Blick mochte ihr findiger

Chef es für witzig halten, ihn, Kriminalhauptkommissar Schatz, auf eine Reise zurück zu den Wurzeln zu schicken.

Robert Schatz war das genaue Gegenteil seines zerknitterten Kollegen, dem Kriminalkommissar Georg Herzl. Stets korrekt und meistens auch sortiert. Während Herzl sich vor allen Sportprüfungen inklusive der Schießzeiten drückte, war es ihm, Schatz, durchaus ein Anliegen, überall zumindest sein Bestes zu geben – wenn nicht sogar der Beste zu sein. Sein Verstand funktionierte geradlinig und akribisch, was zugleich seine größte Schwäche war. Manchmal entgingen ihm die feinen Kurven, die Wellenlinien, die sich durch manche Fälle zogen. Dafür war eindeutig Herzl zuständig, der Querdenker, der bevorzugt nach alternativen Lösungen suchte und ganz hervorragend auch zwischen den Zeilen lesen konnte, Ungesagtes aufschnappte und scharf beobachtete. Obgleich Schatz einen höheren Dienstrang als Herzl bekleidete, spielte dies bei ihrer Arbeit keine Rolle. Andererseits schätzte es Herzl durchaus, wenn sein ›Chef‹ bei Presseterminen oder gegenüber den noch höheren Dienstgraden die Führung übernahm. Und Schatz liebte es selber zu chauffieren und überließ Herzl, der lieber auf dem Beifahrersitz döste, nur selten das Steuer. Abgesehen davon war Herzl ein grottenschlechter Autofahrer.

Schatz hatte zwar keine ähnlich anstrengende Nacht wie sein angeschlagener Kollege hinter sich, aber auch er wurde ungern um fünf Uhr früh so mir nichts dir nichts auf eine Dienstreise geschickt. Gerade herrschte auf der Landstraße kaum Verkehr und seine Konzentration hatte nachgelassen, als ein unverhofftes Hindernis vor ihm auftauchte.

»Scheiiiße!«

Die Vollbremsung zog Herzl, der seinen Sicherheitsgurt nur schlampig befestigt hatte, darunter durch, weshalb er sich im Fußraum des Beifahrersitzes kauernd wiederfand.

»Hast du einen …«, Herzl rappelte sich auf und vergaß den Fluch, den er auf den Lippen hatte, »… Kühe? Kühe! Kü … he!! Bert, kehr um!«

Robert Schatz war sich nicht ganz sicher, wie scherzhaft Herzl das jetzt meinte. Er nahm an, dass dem die ganze Aktion arschmäßig zuwider war.

»Wie kann sich ein Mann von dreiunddreißig Jahren so affig aufführen?«, fuhr er ihn an, weil ihn das Getue jetzt wirklich aufregte, – übrigens auch die Kühe, die mitten auf der Straße standen, die aber erst in zweiter Linie.

Nach gefühlten drei Stunden, in Wirklichkeit waren gerade einmal zehn Minuten vergangen, gelang es dem Bauern, die ausgebüxten Rinder wieder auf die Weide zurückzutreiben. Schatz reichte es nun auch. Er setzte das Blaulicht auf sein Dienstfahrzeug und schaltete die Sirene ein. Immerhin wartete eine Leiche darauf von ihnen begutachtet zu werden.

Nach tausend Kilometern Landstraße mit dreitausend Zuckerrübengespannen und einer Million sonstigem Schwerlastverkehr, seit Stunden ohne einen Kilometer Autobahn, wurden sie vom Wald gefressen. Ringsum dichter Wald, nur hie und da eine kleinere Ansiedlung, aber immerhin von befahrbaren Landstraßen durchzogen.

Endlich bog Schatz in eine schmale Straße ein, die – natürlich – durch einen Wald führte und schließlich in ein winziges Dorf mündete. Seit wenigen Kilometern war die Zielfahne auf dem Navi zu erkennen.

›Damling‹ stand auf dem gelben Ortsschild. Der i-Punkt existierte nicht mehr, stattdessen prangte dort ein durchaus nicht unerhebliches Loch, das seiner Meinung nach von einer Schusswaffe verursacht worden war. Er atmete tief durch und seufzte.

Da er sich von einer leicht abschüssigen Straße her dem Ort näherte, hatte Schatz einen guten Überblick über die Ansiedlung. Er ließ sich Zeit, zählte elf Häuser, drei davon einzeln stehende Bauernhöfe und eine Kapelle. Rundum erhob sich dichter Wald, was auch sonst?

Schatz fuhr die Straße hinunter. Jetzt öffnete sich ihm eine andere Perspektive. Nun konnte er eine Siedlung erkennen, die sich rechter Hand im Wald versteckt hatte und die aus einer ganzen Anzahl von relativ neuen Eigenheimen bestand. Noch weiter unten breitete sich ein weiterer Ort aus, von dem er nicht abschätzen konnte, ob es noch Damling war, oder schon das nächste Dorf.

In einem der Bauernhöfe im Ortskern vor ihm verbarg sich ein Wirtshaus, wie das Schild über der Haustür andeutete. Schatz fragte sich, ob das Wirtshaus noch betrieben wurde, oder ob das Schild ein Überbleibsel aus längst vergangenen Tagen war.

Sein Navi meldete das Ziel auf der rechten Seite. Und prompt tauchte genau am angegebenen Punkt, direkt hinter dem Wirtshaus, ein Polizeiwagen in einer Hofeinfahrt auf. Daneben ein Transporter und ein weiterer Pkw.

Schatz gab Herzl, der nach seinem Kuh-Abenteuer und

vermutlich einem weiteren Abenteuer in der Nacht zuvor, tatsächlich tief und fest eingeschlafen war, einen Stoß.

»Nun komm, wir sind da.«

Georg Herzl fuhr sich über die zerzausten Haare und versuchte, nicht ganz so verschlafen auszusehen.

»Schwere Nacht, was?«, fragte Schatz nun doch, obwohl er Herzls schwere Nächte zur Genüge kannte. »War sie es wenigstens wert, dass du heute so zum Dienst erscheinen musst?«

»Ach du kannst mich mal!« Herzl schälte sich aus seinem Sitz und richtete seine Kleidung.

Während Schatz zwar keine Krawatte, aber doch ein sauberes weißes Hemd und eine halbwegs passable Hose trug, verschwendete Herzl nur wenig Aufwand auf sein Äußeres. Jeans und T-Shirt waren es heute geworden. Von beidem musste er mehrere identische Teile besitzen, weil Schatz ihn nur in diesem Aufzug kannte, er aber doch täglich frisch gebügelt ankam.

»Also, was ist hier los?« Seit Schatz ihn heute am frühen Morgen an seiner Wohnung aufgelesen hatte, hatte Herzl sich noch nicht für den Fall interessiert. Nun hatte er Nachholbedarf an Informationen.

»Ehrlich gesagt, keine große Ahnung. Toter älterer Mann, ganz offensichtlich ermordet. Das war's.«

»Und woher wissen die, dass es Mord ist?«

»Weil ein Messer im Rücken stark dafür spricht.«

»Oh!«

Ja, oh! Schatz hielt sich nicht länger mit seinem noch nicht ganz auf diesem Planeten weilenden Kollegen auf und marschierte quer über den Hof.

Sie befanden sich auf einem der drei Bauernhöfe, die er zuvor erblickt hatte. Ein sauber angelegter Vierseithof mit einer schmalen Zufahrt von der Straße. Zur Straßenseite hin stand ein Stadl, frisch hergerichtet und zum Teil neu verschlagen, wie die viel helleren Holzbretter verrieten, die hie und da aus der dunkleren Bretterwand hervorblitzten. Zur Straßenseite hin war auch das große Scheunentor angebracht, durch das der Bauer mit den schweren Maschinen ausfahren konnte. Die eigentliche Hofzufahrt schien dafür zu schmal zu sein. Der gemauerte Stall lag links von ihm und das mächtige, zweistöckige Wohnhaus frontal vor ihm. Rechter Hand erstreckte sich eine breite Garagenfront mit drei Einzelgaragen. Alles in allem ein stattliches Anwesen.

»Fette Hütte, was?« Herzl war ihm, inzwischen einigermaßen sortiert, gefolgt.

»Sauber und gepflegt. Schauen wir mal hinter die Fassade«, gab ihm Schatz nachdenklich zur Antwort.

Die doppelflügelige Haustüre, die sie jetzt durchschritten, führte in einen breiten Flur, von dem aus nach links und rechts jeweils zwei Räume abgingen. Über eine breite Treppe erreichte man den ersten Stock. Trotz der geöffneten Haustüre war es im hinteren Bereich des Ganges düster. Im Dämmerlicht konnte man dort eine Tür erkennen, die offenbar wieder nach draußen führte.

Schatz und Herzl hörten im oberen Geschoss Stimmen. Sie konnten in die ersten beiden Räume links und rechts neben dem Hausgang schauen, als sie auf die Treppe zuhielten. Die Tür zur Rechten war weit geöffnet. Ein großer Familientisch kam in ihr Blickfeld. Zwei Kinder und eine ältere Frau saßen am Tisch und waren mit dem Beten eines Rosenkranzes beschäftigt. Sie blickten nur kurz auf, als die Kriminaler neugierig in ihre Richtung schauten und rezitierten dann weiter beflissen den Sterberosenkranz, ohne sich um die Besucher zu kümmern.

Herzl grinste und Schatz fixierte ihn strafend. Die Tür zum Raum auf der anderen Seite war angelehnt und ließ nur den Blick auf einen schmalen Streifen in das Zimmer zu. Mehr als die Andeutung eines Fensters und eines Teppichs konnte man nicht erkennen. Sie gingen die Treppe hinauf, dem Lärm folgend.

Oberhalb des Raumes, in dem die Großmutter mit den Enkeln saß, entdeckten sie die zu den Stimmen gehörigen Menschen. Ein uniformierter Streifenpolizist stand im Gang und hielt sie aufgeregt an.

»Was machen Sie hier? Hier ist Zutritt verboten!«

»Schatz, das ist Kollege Herzl! Und wenn Zutritt verboten wäre, würde da drin keine Versammlung stattfinden.«

Der Uniformierte sah von einem zum anderen, dachte kurz an einen Scherz, straffte sich aber dann wieder. »Und?«

»Kriminalhauptkommissar Schatz, Kriminalkommissar Herzl, wir sind hierher beordert worden wegen eines Mordfalles.«

Der Polizist nickte und ging dann in den gut gefüllten Raum. »Die Kriminaler aus München sind da«, meldete er über die Rücken und Köpfe der Menge hinweg. Ein Dreisternepolizist von mächtiger Gestalt schälte sich hervor. Die anderen wandten lediglich die Köpfe in ihre Richtung.

»Na, endlich geht was weiter!«

Der Polizist trat heraus und nickte den Kriminalern aus München zu. »Polizeihauptkommissar Rödel. Habedieehre.«

»Was ist passiert? Was ist mit der Spurensicherung?«, fragte Schatz mit einer gewaltigen Spur Missbilligung über die Situation in der Stimme. Das letzte, was ein Tatort benötigte, war ein Massenauflauf.

Der Polizeihauptkommissar zog indigniert die Augenbrauen hoch. Nach kurzem Zögern sagte er: »Haben wir selber gemacht. Was glauben Sie denn, wie das hier funktioniert? Weiße Männer in Stoffschuhen mit Messerchen und Schaufelchen? Wenn wir auf die warten, wird Großvater nächstes Jahr noch nicht beerdigt.«

Der große Mann setzte eine undurchdringliche Miene auf, die Schatz nicht einschätzen konnte.

Schatz runzelte die Stirn und Herzl nippte von seiner Wasserflasche, die er mit heraufgebracht hatte. Eine Leiche auf nüchternen Magen war nicht nach seinem Geschmack, schon gar nicht heute.

»Also«, begann der Polizist nun doch in professionellerem Ton, »männliche Leiche, 78 Jahre alt, mit einem Messer im Rücken von der Ehefrau aufgefunden. Lag auf dem Boden neben dem Tisch. Tatzeit irgendwann nach 23 Uhr und vor Mitternacht.«

»Woher wollen Sie das wissen?« Herzl hatte mitnotiert, Schatz speicherte das Gehörte in seinem Gehirn und verließ sich darauf, dass sein Kollege in seinem Notizblock nachschauen konnte, falls er selber nicht mehr alles wusste.

»Gestern war ein Grillfest zum Erntedank, drüben im Wirtshaus. Nur ein paar Schritte weiter. Da war die ganze Familie. Außer den beiden Alten, die hier in diesen beiden

Zimmern wohnen, gibt es hier im Haus noch den Sohn mit seiner Ehefrau und zwei Kindern, die die übrigen Räume bewohnen. Der Alte verließ das Fest um 23 Uhr. Er war brummig, sagt die Ehefrau. Aber er ging allein, soweit sie weiß. Der Rest der Familie einschließlich der Kinder kam um Mitternacht nach. Da war er schon tot. Der Arzt stellte fest, dass der Tod eindeutig durch den Messerstich eingetreten ist. Von hinten durchs Herz. Das Messer steckt noch.«

»Wer sind die ganzen Leute da?«

»Alle, die in so einem Fall wichtig sind. Der Sohn, die Schwiegertochter, der zweite Sohn, dem das Wirtshaus gehört, die zweite Schwiegertochter, der Bürgermeister, der Pfarrer und der Doktor. Und natürlich ich und Oberwachtmeister Häupl.« Der Polizeihauptkommissar verzog sein Gesicht zu einem breiten Grinsen. »Also, meine Herren, wie geht's nun weiter?«

»Wann haben Sie Ihren letzten Mordfall bearbeitet?«, fragte Schatz genervt.

»Hatte noch keinen. Ist das ein Problem für Sie? Nur wer schon mindestens zehn Ermordete gesehen hat, ist im Club, oder was?«

»Ach, vergessen Sie's. Also dann mal Klartext. Was glauben Sie, wie viele Spuren wir noch finden, wenn das ganze Dorf da durchlatscht? Vollkommen klar, dass die Spurensicherung da absolut überflüssig ist.«

»Meister! Wir haben die Spuren und wir haben tausend Bilder von der Auffindesituation. Fingerabdrücke vom Messer, die waren da reichlich, und einen Schuhabdruck im Blut bei der Leiche, der nicht von der Ehefrau oder jemandem der Familie stammt.« Rödel sprach in einem Tonfall, der Schatz nicht gefiel. Spöttisch, wie ihm schien.

»Woher haben Sie das Werkzeug, um die Spuren zu sichern?«

»Als ich hörte, dass da ein Opa mit einem Messer im Rücken liegt, bin ich nach Hause gefahren und habe meinen Materialkoffer geholt. Sie wissen schon: Der kleine Detektiv.«

Der Kleinstadtsheriff setzte wieder seine undurchdringliche Miene auf und Schatz fühlte sich leicht unwohl. Man würde sehen, wie viel die Arbeit dieser Urbajuwaren hier wert war. Sofern dieser Typ ihn nicht verarschte, was er allerdings stark annahm.

Vorderhand marschierte er in den Wohnraum der beiden Senioren.

»So, meine Herrschaften. Hauptkommissar Schatz, guten Tag! Wenn ich Sie dann bitten darf, den Raum und am besten nach der Befragung gleich das Haus zu verlassen. Mein Kollege Herzl«, er deutete hinaus zu seinem verknitterten Partner, »wird in einer Minute Ihre Namen und Aussagen aufnehmen und wir kommen dann wieder auf Sie zurück. Die Familie versammelt sich am besten im unteren Stockwerk. Und der Doktor soll bitte nach der Befragung noch einmal kurz nach oben kommen.«

»Du, Rödel? Deaf dea des?« Ein beleibter Herr jenseits der sechzig, in grüner Lodenjacke, ließ seinen Blick suchend über die Köpfe der anderen schweifen.

»Dea deaf, Buachamoasta. Des is da Kriminaler aus der Stadt. Und ez schaugts eiz dass'ds owikemts.«

Herzl ersparte sich die Frage, was genau der Polizist gerade von sich gegeben hatte, weil es eben genau den Zweck erfüllte, den Schatz zuvor eingefordert hatte. Die Truppe verließ den Raum.

Schließlich standen die beiden neben dem toten alten Herrn, der immer noch zwischen Tisch und Bett mit seinem Messer im Rücken auf dem Bauch lag. Er trug einen Pyjama.

»Wie haben die von dem Messer die Fingerabdrücke abgenommen und es im Rücken stecken lassen?«, fragte sich Herzl gerade, sich das schlampig rasierte Kinn knetend.

»Darum kümmern wir uns später, abgesehen davon, glaube ich nicht die Hälfte von dem, was ich bisher gehört habe. Also jetzt schau mal, was wir hier haben: Ein toter alter Mann mit einem Messer im Rücken. So wie der da liegt, kann sein Mörder nur direkt durch die Tür gekommen sein. Er steht mit dem Rücken zur Tür. Der schleicht sich rein, oder die Tür ist noch offen, und haut ihm das Messer rein. Das ist doch ein Küchenmesser, nicht wahr?«

»Schaut nach einem Brotmesser aus. Dem Griff nach zu urteilen, ist die Klinge mindestens fünfundzwanzig Zentimeter lang. Die müsste ja vorne rauskommen.«

»Sieht so aus, als ob sie ihn wenigstens nicht bewegt hätten.« Schatz ging einmal um den Toten herum, vorsichtig auf den Boden achtend. »Da, schau die Blutlache. Die ist inzwischen halbwegs festgetrocknet. Der liegt noch original so da.«

»Vielleicht hat uns der Rödel nur verarscht.«

»Verarscht ist der absolut richtige Ausdruck, der mir zu dem ganzen Mist hier einfällt. Das kann doch alles gar nicht wahr sein. Stell mal fest, wie das hier mit der Spurensicherung läuft.«

»Muss er nicht!« Rödel stand in seiner ganzen Größe mit verschränkten Armen in der Tür und lehnte sich gegen den Türpfosten. »Die müssten eigentlich schon da sein. Und der Gerichtsmediziner ist in Regensburg, genauso wie die Spusi. Eineinhalb Stunden Fahrtzeit. Dass die Meute hier drinnen stand, dafür können wir nichts. Hier holt man bei einem Todesfall zuerst die Familie, dann den Pfarrer, dann den Bürgermeister, vor allem, wenn er der Schwager des Toten ist. Wahrscheinlich haben die sich ein paar Stunden lang überlegt, ob sich der alte Kurt Grüninger selber ins Messer gestürzt hat. Wir wurden erst am frühen Morgen gerufen. Da waren die zum Teil schon zum zweiten Mal da. Wir haben sofort die Kriminaler in Regensburg verständigt, die dann offenbar davon ausgegangen sind, dass es zwei Figuren aus der großen Stadt auch tun für uns Hinterwäldler. Also, meine Herren: Wir können leidlich zusammenarbeiten oder unleidlich. Das liegt an Ihnen, Meister und Meister!«

»Dann probier'n wir es doch leidlich«, ging Schatz auf den Ton des älteren Polizisten ein. »Georg, geh runter und nimm die Personalien auf und frage nach, was die wissen, über gestern Abend und so weiter. Jeden einzeln.«

»Glaubst du ich bin blöd?« Herzl drückte sich an Rödel, der keinen Millimeter wich, vorbei und trampelte lautstark die Treppe hinunter.

Schatz lehnte sich gegen den Fensterstock des einzigen Fensters im Raum, der in diesem alten Haus so tief und breit war, dass man sich draufsetzen konnte. Karierte Vorhänge hingen an den Seiten und eine selbstgehäkelte Scheibengardine schützte vor allzu viel Durchblick, obwohl hier im Obergeschoss praktisch keiner hereinschauen konnte.

»Was ist nun mit den Fingerabdrücken?«, fragte er Rödel.

»Verarscht«, gab der grinsend zurück.

»Und der Fußabdruck?«

»Verarscht.«

»Verstehe.« Schatz kniff die Lippen zusammen, sah dabei aber gar nicht so ernst aus.

Rödels Miene wurde wieder härter. »Sehen Sie, Hauptkommissar Schatz, wir lassen uns nicht so gerne vorführen hier. Von zwei Besserwissern aus der großen Stadt schon gleich gar nicht. Und vielleicht haben Sie es selber schon gemerkt, aber ich fürchte, dass ohne die Hilfe von uns Dorfpolizisten hier gar nichts geht. Die sind nämlich misstrauisch, die Oberpfälzer. So grundsätzlich.«

Schatz atmete tief durch. Eigentlich hatte er etwas anderes sagen wollen, dann besann er sich und antwortete stattdessen:

»Doch, das kann ich mir sogar recht lebhaft vorstellen.«

# Kapitel 2

Kommissar Georg Herzl, eine echte Stadtpflanze, hatte seine Mühe bei der Vernehmung der Beteiligten. Der Arzt und der Pfarrer, den er nur zwischen Tür und Angel befragen konnte, weil der zu einem Todesfall gerufen wurde, waren noch die einfachsten Kandidaten, auch wenn beide auf die Frage nach potentiellen Feinden des Ermordeten keine Antwort zu geben vermochten.

Der Bürgermeister-Schwager verneinte diese Frage vehement. Ebenso der Rest der Familie.

Die Aussagen aller Beteiligten deckten sich im Wesentlichen. Der alte Herr Grüninger, Kurt, 78 Jahre alt, Rentner, hier geboren und hier jetzt auch gestorben, verließ das Erntedankfest in leicht angeheitertem Zustand gegen 23 Uhr. Er war alleine aufgebrochen, da die Ehefrau noch ein wenig mit der Familie feiern wollte. Frau Grüninger, Beate, 76 Jahre alt, ging ziemlich genau um Mitternacht heim – sie hatte kurz auf die Uhr gesehen, als sie aufgebrochen war – und fand ihren Ehemann in dieser doch recht toten Position auf dem Boden des gemeinsamen Schlafzimmers liegend. In Panik, weil sie ja nicht wissen konnte, ob der Täter nicht noch irgendwo unterwegs war, lief sie zurück ins Wirtshaus und trommelte die Familie zusammen, die auch schon auf dem Sprung gewesen war, und auch den Doktor, der gerade ebenfalls vor Ort war. Irgendwer dachte dann daran, gleich den weinseligen Herrn Pfarrer mit einzupacken. Nachdem ein paar Stunden mit Ach und Weh vergangen waren, hatte letztendlich auch jemand den Geistesblitz gehabt, die Polizei zu holen, die man mitten in der Nacht nicht hatte stören wollen, wie die junge Frau Grüninger, Adele, 45 Jahre alt, eine stattliche, respekteinflößende Person, ausgesagt hatte.

Für Herzl hörte sich die Sache allerdings nicht so einfach an. Speziell die Vernehmung der Frau Grüninger Senior erwies sich als recht schwierig.

»Hob i dann mein Mo gseng, und mir denkt, scheiße, do hod na oana o'gstocha«, hatte sie ihre Aussage eröffnet.

Da Herzl sich in etwa hatte vorstellen können, was sie gesagt hatte, war er zur nächsten Frage übergegangen: »Und dann? Was haben Sie dann gemacht?«

»Hob i mia denkt, dea kantat no irgenwoa sa, der Stecha, und bin iwe zum Wirtshaus, de andern holn.«

»Haben Sie nicht zuerst nachgesehen, ob Ihr Mann vielleicht noch lebt?«

»Glaum's i bin bled? Erstens kannt der, der eam o'gstocha hod, no do sa, zwoatens woas i, wie oana ausschaut, wenn er o'gstocha is.«

»Sie wissen, wie einer ausschaut, wenn er abge ... also, mit dem Messer...?«

»Wenn a Kou am Vorecka war, dann hod ma freia de Kou o'gstocha, bevors voreckt is, damit ma's Fleisch no nema hod kina. Man hod ja nix ghabt, hintern Krei und hintnache a ned. De is dann ausbleid, de Kou. Und wenn oana so em Bluad drin liegt, wie mei Mo, dann is dea doad.«

An dieser Stelle hatte Herzl zum Ortspolizisten geschaut, der sich ihm als Oberwachtmeister Hans Häupl, vorgestellt hatte, und mit den Schultern gezuckt.

Oberwachtmeister Häupl hatte bisher schweigend zugehört und übersetzte nun: »Wenn früher eine Kuh am Verrecken war, dann hat das Bauernvolk diese Kuh abgestochen, damit das Fleisch noch verwertbar war. Weil man während des Krieges und auch hinterher ja nichts hatte. Und wenn einer in so einer La ... Lacke ... Lache Blut liegt, wie ihr Mann, dann ist dieser Mensch tot.«

»Hm«, hatte Herzl gemacht, einen Schluck aus seiner Wasserflasche genommen und sich zum gefühlt tausendsten Mal gewünscht, sich heute krank gemeldet zu haben.

Er hatte tief durchgeatmet und aus den Augenwinkeln beobachtet, wie Oberwachtmeister Häupl seinen Mund zu einem spöttischen Grinsen verzogen hatte.

»Hatte Ihr Mann Feinde, Frau Grüninger?«, hatte er dann tapfer weitergefragt, obwohl ihn sein Brummschädel langsam umbrachte.

»Mei Mo war eine Seele von Mensch«, hatte sie noch gesagt und war dann in Tränen ausgebrochen. Zuvor hatte ihr Gesicht eher gewirkt, wie das eines unbeteiligten Zuschauers. Diesmal waren die Schleusen ganz aufgegangen und die gute Frau Grüninger konnte nicht mehr an sich halten.

Herzl hatte den Oberwachtmeister gebeten, sie einem Familienmitglied zu übergeben und hatte mit dem Doktor weitergemacht, weil der dann noch oben am Tatort gebraucht worden war.

Nachdem der Dorfarzt mit dem sinnigen Namen Armin Heiler befragt worden war, hatte er sich bei Robert Schatz oben eingefunden. Der fragte sich, ob der alte Dr. Heiler, altersmäßig schätzungsweise zwischen siebzig und scheintot, außer der Feststellung des Todes überhaupt etwas zum Fall beitragen konnte, doch der alte Herr überraschte ihn immens.

»Als ich kam, lag der Kurt so da und die Blutlache um ihn herum. Ich habe sofort gesehen, dass da einer hineingestiefelt war mit einer richtig großen Schuhgröße. Die Beate, seine Frau konnte das also nicht gewesen sein. Und nach ihr war ich der zweite, der sich der Leiche näherte, weil ich zusammen mit der Familie hier ankam und die vorerst gar nicht erst ins Zimmer gegangen waren. Erst der Pfarrer trat näher heran, aber ich habe zu ihm gesagt, er soll aufpassen, dass er nirgends hineintritt.«

»Das war clever. Und erleichtert uns die Arbeit.«

»Ja, ich weiß. Ich war ja auch zehn Jahre lang in der Gerichtsmedizin. Bis ich mir überlegt habe, bevor ich selber zur Leiche werde, muss ich aus den Katakomben raus. Ehrlicherweise war der Auslöser meine Frau, die mich vor die Wahl gestellt hat: Sie oder der Geruch nach Leichen. Die Wahl war leicht.«

Schatz, der sich auf den Boden gehockt hatte und von dieser Perspektive aus den Toten und den Raum überblickte, richtete sich auf.

»Und, wie ist es so, in der Provinz?«

»Oh, unterschätzen Sie mir die Dörfler nicht. Eine ganz eigene Gesellschaft, aber grundsätzlich nicht verkehrt. Ich habe es nicht bereut von Nürnberg weggegangen zu sein.«

»Na gut, mit Ihrer Erfahrung: Wonach sieht das hier aus? Eine Leiche mit einem Messer im Rücken.«

Der alte Arzt zuckte mit den Schultern.

»Überraschungsangriff, würde ich sagen. Aber ich glaube kaum, dass es nötig gewesen war, den Alten zu erstechen. Was immer der Mörder wollte, er hätte es auch so bekommen. Kurt war nicht mehr der Fitteste. Herzprobleme und Wasser auf der Lunge. Er musste übrigens Blutverdünner einnehmen. Deshalb auch der enorme Blutverlust. Der hätte keine Schwierigkeiten gemacht.«

»Genau das geht mir auch durch den Kopf. Wenn einer nur was klauen wollte, dann war der Mord überflüssig. Was aber, wenn es eine persönliche Fehde war?«

»Dann hätte derjenige nicht unbedingt mit ins Haus kommen müssen. Draußen wäre es viel schneller und unauffälliger gegangen. Die Musik drüben beim Wirt war laut und die Leute, die allesamt schon ein wenig bis recht viel getrunken hatten, grölten herum. Da hätte er das Risiko, im Haus erwischt zu werden, nicht auf sich zu nehmen brauchen.«

Dr. Heiler fuhr sich über die Halbglatze und sah betroffen aus.

Schatz nickte. »Na, ich danke Ihnen auf jeden Fall. Mal sehen, was die Leichenschau in der Gerichtsmedizin ergibt. Es wird Zeit, dass die Kollegen kommen. Dass wir mal aus diesem Haus hier herauskommen. Schon wegen der Kinder und der Familie.«

»Wenn was ist, dann weiß Ihr Kollege ja, wo Sie mich erreichen.«

Dr. Heiler verließ den Raum und nickte Polizeihauptkommissar Rödel zu, der immer noch im Türrahmen stand und Robert Schatz beobachtete.

»Na, Meister. Was sagt Ihre Spürnase zu dem Fall?«

Schatz erhob sich und schaute ihn offen an. Der Mann trug nach wie vor eine undurchdringliche Miene zur Schau, obwohl der Kriminaler sich nicht der Ahnung verwehren konnte, dass Rödel ihn fortwährend auf die Schippe nahm. Er überlegte, warum dies so sein könnte und kam zu dem Schluss, dass die örtliche Polizei sich nicht so gerne in die Karten schauen ließ, von ›denen aus der großen Stadt‹ schon gleich gar nicht.

»Was ist eigentlich Ihr Problem?«, fragte Schatz nun und baute sich vor dem Polizisten auf. Blöd, dass er mindestens einen Kopf kleiner war, als der zwei-Meter-Mann Rödel.

»Kein Problem.«

»Echt nicht?«

»Nein, sollte ich eins haben?«

»Weiß nicht, sagen Sie's mir.«

»Lösen Sie den Fall, dann verschwinden Sie wieder. Dann sind wir alle zufrieden.«

»Ja, und Rödel: Ich kann Sie auch nicht leiden.«

»Dann halt unleidlich.«

Jetzt grinste Rödel wieder und entschloss sich – endlich! – seinen Standort am Türrahmen zu verlassen.

»Der Häupl und ich, wir holen uns mal eine Wurstsemmel beim Wirt drüben. Sollen wir Ihnen auch was mitbringen?«

»Ja, warum nicht. Von uns hat keiner gefrühstückt. Wird Zeit, was in den Magen zu kriegen.«

Schatz wollte einlenken und schlug einen versöhnlicheren Ton an, weil auch ihm dämmerte, dass er Rödel und seine Kollegen ganz sicher noch brauchen würde.

Wenig später waren Wurstsemmeln und zwei Literflaschen Cola da und auch die Spurensicherung, die das Navi in einen Ort geschickt hatte, der sich so ähnlich anhörte. Der Tippfehler verursachte einen Umweg von fast achtzig Kilometern und vier extrem sauer dreinblickende KTU-Leute, die in ihren weißen Ganzkörperkondomen aussahen wie Aliens.

Während die Kollegen bei der Arbeit am Tatort waren, saßen Schatz und Herzl am Tisch in der guten Stube, in der sie vorerst aufgeschlagen waren, oder besser: In dem Raum, den die Grüningers ihnen bereitwillig zugestanden hatten. Es war das Zimmer, dessen Tür vorhin nur angelehnt gewesen war, und das so unberührt aussah, als würde hier nur geputzt und die Tür dann wieder verschlossen werden. Es gab hier auch keinen Fernseher, der stand drüben, im Ess- und Wohnzimmer gegenüber.

Generell war die Familie sehr kooperativ und wirkte auch sehr offen, aber wie hatte Rödel gesagt: *Die Oberpfälzer sind grundsätzlich misstrauisch.*

Im Augenblick stimmten sich die beiden Kriminaler in dem ab, was sie unabhängig voneinander erfahren hatten.

»Hat die alte Frau Grüninger irgendetwas Interessantes dazu gesagt?«

»Ich musste die Vernehmung abbrechen, weil sie nervlich so angeschlagen war.«

Herzl hatte seinen Blick mehr auf die Literflasche Cola gerichtet, die ihm ein wenig über sein Tief hinweghalf, das er seit dem Aufstehen heute Morgen bereits pflegte, als für die halb aufgegessene Wurstsemmel.

»Ansonsten war der Tote ein guter Mann, nett, beliebt,

keine Feinde. Sagen alle, die ich gefragt habe. Den Pfarrer müssen wir allerdings noch genauer interviewen, weil der zu einem anderen Sterbefall gerufen wurde, während er unten wartete. Ich habe nur ein paar Worte mit ihm wechseln können. Ach, und die Frau Grüninger meinte noch, sie hätte gleich erkannt, dass ihr Mann tot wäre, als sie ihn da hat liegen sehen. Warte, ich hab's aufgeschrieben...«

Während Herzl in seinem Block nach dem Zitat der Frau Grüninger suchte, fragte sich Schatz, warum sein Kollege jetzt so dringend den genauen Wortlaut loswerden wollte.

»... also: *Wenn früher eine Kuh am Verrecken war, dann hat das Bauernvolk diese Kuh abgestochen, damit das Fleisch noch verwertbar war. Weil man während des Krieges und hinterher ja nichts hatte. Und wenn einer in so einer Lache Blut liegt, wie ihr Mann, dann ist dieser Mensch tot.* Das war die Übersetzung vom Häupl. Was sie genau gesagt hat, hab ich nicht verstanden.«

Schatz grinste. »Du scheinst dich zu akklimatisieren. Aber der Vergleich ist schon krass.«

Dann ramschte er die übriggebliebene Einwickel-Alufolie zusammen und schob sie, mangels anderer Möglichkeiten, in die Hosentasche.

»Später müssen wir dann noch beim Rödel nachhaken. Ein wenig Info über die Nachbarn hier. – Blöde Type, der.« Schatz presste die Lippen aufeinander, zog die Stirn in Falten und sagte zusammenhanglos: »Das kann ja heiter werden!«

»Sag ich doch schon die ganze Zeit. Hab ich das nicht schon die ganze Zeit gesagt? Ha?«

»Geschenkt! Jetzt müssen wir mal schauen, was die KTU herausfindet.«

»Wahrscheinlich liegen da oben tausend Haare oder sonstige Sachen rum von dem Volksauflauf vorhin.«

»Dann müssen wir eben von allen einen DNA-Abgleich machen lassen, damit wir uns da nicht verzetteln. Müssen wir später gleich den Kollegen sagen. Wie ging's dir mit dem Häupl? Ist der entgegenkommender als der Rödel?«

»Ist ein Greenhorn. Ganz neu bei der Truppe. Aber er kann immerhin die Sprache übersetzen.«

Herzl machte eine düstere Miene und Schatz verzog das Gesicht zu einem Lächeln.

»Leicht machen die es uns hier nicht. Aber, wie gesagt, mal schauen, was die Fakten sagen.«

Herzl zuckte mit den Schultern und lehnte sich auf dem durchgesessenen Sofa zurück. Eine Sofadecke war darüber gebreitet und er fragte sich, ob die zum Schutz für das gute Stück da war, oder ob sie einfach nur kahle Stellen verdecken sollte. Er tippte eher auf letzteres, da er ganz deutlich die Sprungfedern unter seinem Hintern fühlte. Den für das Sofa zu hohen Tisch vor ihnen schmückte eine selbstgehäkelte Tischdecke und an den beiden Fenstern hingen dieselben selbstgehäkelten Scheibengardinen wie auch im Schlafzimmer oben. Die Vorhänge hatten ein zurückhaltendes kleines Blümchenmuster. Auf der den Fenstern gegenüberliegenden Seite stand ein wuchtiger Wohnzimmerschrank aus dunkler Eiche. Der Boden war mit abgenutztem Parkett belegt, auf dem unter der Sitzgruppe ein langfloriger Teppich lag.

»Ein richtig altes Bauernhaus ist das hier. Sieh dir nur die dicken Wände an«, sinnierte Schatz über seiner Wurstsemmel, deren letzten Bissen er sich nun endlich in den

Mund schob. Er verzog das Gesicht. »Scheiße, jetzt, wo ich was im Magen habe, könnte ich noch mehr vertragen. Mir ist irgendwie schlecht – vor Hunger wahrscheinlich. Wir müssen ohnehin schauen, wo wir heute Nacht unterkommen.«

»Du glaubst doch nicht, dass das hier mit einer Nacht getan ist?«, zweifelte Herzl.

»Nein, eher nicht. Also mal schauen, wo wir hier ein Zimmer bekommen.«

»Zwei, Schatz, zwei!«

Sie bekamen: Zwei Zimmer im Wirtshaus gleich gegenüber. Die Zimmer besaßen sogar eine winzige Nasszelle mit Dusche und Toilette. Also Luxus satt.

Und endlich gab's auch ein richtiges Essen: Gulasch mit Salzkartoffeln. Eine Riesenportion und lecker dazu. Nun sah für die beiden Kriminaler die Welt wieder etwas freundlicher aus, vor allem für Herzl, der inzwischen quasi am Tropf hing. Das deftige Essen richtete ihn auf, so dass er durchaus der Meinung war, den Tag noch anständig bis zum Abend überstehen zu können. Schatz hingegen war immer noch übel, aber er schob es auf die kurze Nacht. Und der Tag war noch lange nicht zu Ende.

Erst einmal musste noch der geistliche Herr vernommen werden und dorthin waren sie jetzt unterwegs.

Der junge Herr Pfarrer bat sie in seine Privatwohnung, weil er die letzte Nacht nicht geschlafen hatte und jetzt einen Kaffee brauchte. Er bot seinen Besuchern auch einen an, die dankend annahmen.

»Zuerst einmal muss ich Ihnen sagen, dass alles, was ich weiß, nur Hörensagen ist. Ich bin erst seit zwei Jahren da, da habe ich die alten Geschichten nicht mehr mitbekommen, live sozusagen. Aber hat Ihnen schon jemand erzählt, dass der Vater des Opfers, sagen wir mal … jemanden getötet hat?«

Schatz und Herzl, die beide ein wenig dösig wirkten, setzten sich zeitgleich hellwach auf.

»Ein Mörder?«

»Kann man so nicht sagen. Er war Polizist und hat eine junge Frau erschossen, die gewildert hat. Ein findiger Journalist hat die alte Sache wieder ausgegraben. War alles recht undurchsichtig, damals. Vielleicht holen Sie sich zumindest mal diesen Zeitungsbericht aus dem Archiv. Wundert mich, dass keiner der anderen Ihnen davon erzählt hat.«

Herzl machte ein grimmiges Gesicht.

»Ph! Mich wundert das eher weniger.«

Pfarrer Berthold Dobler schmunzelte. Er trug eine schwarze Jeanshose, ein weißes T-Shirt und darüber einen dunkelgrauen Pullover. Nicht unbedingt der Archetypus eines Priesters.

»Nein, ehrlich gesagt, mich auch nicht«, antwortete der Pfarrer ehrlich.

»Gibt es die Familie des damaligen Opfers hier noch?«, hakte Schatz nach. »Und wie lange ist das überhaupt her?«

»Kurz nach dem Krieg. Und soweit ich weiß, lebt niemand mehr von denen hier. Der Vater war damals im Krieg geblieben und die Mutter musste die vier Kinder durchbringen. Da ist sie halt was schießen gegangen. Haben damals wohl viele gemacht. Wenn der Wald schon vor der

Tür liegt, wäre man blöd, Hunger zu schieben. Nach dem Tod der Frau kamen die Kinder in verschiedene Heime. Steht zumindest im Zeitungsartikel. Da finden Sie sicher noch Genaueres heraus. Die Akten müssen bei der Polizei ja noch irgendwo liegen, denke ich. Aber ein wenig recherchiert habe ich auch, weil mich die Sache interessiert hat, nachdem ich durch die Zeitung drauf gestoßen bin. Die offizielle Version ist ja, dass es seitens des Polizisten Notwehr war. Die Frau hatte sich als Mann verkleidet, quasi, und sich nicht sofort ergeben. Es hieß, sie hätte die Waffe gegen den Polizisten gerichtet, der sich nur verteidigt und blöd getroffen hat.«

»Aber?« Schatz ahnte, dass da noch etwas kommen musste.

»Die Frau ist auf unserem Friedhof begraben worden. Ich habe mir interessehalber die Grabbücher mal angesehen und auch im Sterberegister nachgeschaut. Mein damaliger Vorgänger im Priesteramt hier hat sowohl im Grabbuch, als auch im Sterbekataster neben ihrem Namen das Wort ›Mord‹ notiert. Entgegen der offiziellen Version.«

»Das ist ja hochinteressant!« Schatz trank seine Kaffeetasse leer und stand, nun wieder hellwach und wegen der neuen Erkenntnisse unruhig geworden, auf. »Aber mehr haben Sie auch nicht in Erfahrung gebracht?«

»Nein, tut mir leid.«

»Und das aktuelle Mordopfer, der Herr Grüninger. Was wissen Sie über ihn oder seine Familie?«

»Grundsolide. Ein Mensch, der geholfen hat, wenn Not am Mann war. Und über die Familie habe ich nichts Negatives gehört. Fleißige Leute, soweit ich weiß.«

»Dann wollen wir mal kurz noch beim Bürgermeister vorbeifahren. Vielen Dank, Hochwürden. Sie haben uns sehr geholfen. Zumindest mal ein brauchbarer Hinweis.«

»Ob dieser Katastereintrag wirklich ein brauchbarer Hinweis ist, weiß ich nicht. Aber auf jeden Fall eine Tatsache. Und eine Verbindung zum Opfer.«

»*Hochwürden!* Geht's noch Bert?« Herzl war eher unkonventionell unterwegs und in Bezug auf die Kirche, speziell auf die katholische, distanziert – vornehm ausgedrückt.

»Hochwürden hat uns immerhin einen entscheidenden Hinweis gegeben. Vielleicht *den* Hinweis. Es muss ja einen Grund geben, warum kein anderer darüber gesprochen hat«, winkte Schatz ab und stieg ins Auto.

Sie fuhren die kurze Strecke vom Pfarramt zum Rathaus und betraten das Bürgerbüro. Eine ältere Dame und ein pickeliger Jüngling brüteten dort über ihren Akten. Die Dame meldete sie beim Bürgermeister an und schickte sie ein Stockwerk höher.

»Servus die Herren Kriminaler. Bitte einzutreten.«

Der Bürgermeister holte sie, da keine Sekretärin zu sehen war, in seinem Vorzimmer höchstpersönlich ab, führte sie in sein Büro und schloss die Tür hinter ihnen.

»Grüß Gott, Herr Bürgermeister.«

Schatz grüßte freundlich, während der mit der Oberpfälzer Welt entzweite Herzl nur griesgrämig nickte. Für ihn machte dieser seltsame Einsatz keinen Sinn. Er gehörte in die Großstadt, sicher nicht in dieses Kaff am Rande der bewohnten Welt, wo die Menschen Afrikanisch oder so etwas Ähnliches sprachen.

»Was kann ich für Sie tun?«

Er gab sich jovial, der Herr Bürgermeister, und wirkte gar nicht wie der Anverwandte seines grauslich gemeuchelten Schwagers.

»Jemand hat erwähnt, dass der Vater unseres Mordopfers, sagen wir mal, jemanden getötet hat. Können Sie uns dazu Genaueres sagen?«

»Oh mei, de olde Gschicht!«, ließ sich der joviale Bürgermeister zu einem weniger jovialen Ausruf hinreißen. Dann fing er sich wieder, richtete seine Krawatte als Zeichen, dass er wieder ganz etepetete unterwegs war und lächelte seine beiden Gäste verbindlich an.

Schatz und Herzl saßen auf den Besucherstühlen vor seinem Schreibtisch. Der war mit Papieren übersät, ein Familienfoto stand da, mit einer durchschnittlich aussehenden Ehefrau und zwei eindeutig von ihm stammenden männlichen Abkömmlingen darauf, und eine gut gepflegte, zimmerhohe Pflanze breitete sich hinter dem Gemeindechef aus. Alle Wände waren mit passenden Schränken versehen, die bis zu Decke reichten und deren Türen verschlossen waren. Ein einziges offenes Regal fand sich seitlich des Schreibtisches. Dort lag eine Menge Büromaterial herum. Auf einer kleineren seitlichen Erweiterung des Arbeitstisches stand ein Computerbildschirm mit Tastatur.

»Ist man hier ein Ganztagsbürgermeister?« Schatz wollte den korrekten Herrn aus der Reserve locken, was ja durchaus möglich war, wie der kurze Ausraster eben gezeigt hatte.

»Die Gemeinde ist recht groß. Das Gehalt als Bürgermeister ist ausreichend, um ohne einen weiteren Job leben zu können. Ich bin jetzt hier seit fünfzehn Jahren Bürgermeister. Zuvor war ich bei der Post. Davon bekomme ich jetzt eine Rente. Meine Frau und ich haben also unser Auskommen.« Er berichtete das vollkommen offen, ohne Scheu.

»Und was ist nun mit dem damaligen ... Todesfall?«

Schatz war im Normalfall der Sprecher. Herzl derjenige, der zuhörte, zuweilen auch das hörte, was nicht ausgesprochen wurde.

Der Bürgermeister, der vorher lässig in seinem Bürostuhl gelehnt war, rückte nun nach vorne und stützte sich auf dem Schreibtisch ab.

»Eine ganz blöde Sache. Blöd vor allem für die Familien, beide Familien, damals, meine ich.«

»Und bis heute nicht wirklich gelöst, wie man hört?«

Der Bürgermeister schaute ein wenig nervös aus dem Fenster. »Nein, also ja, doch. Es passierte im Juli 1949. Der Ehemann der Toten ist damals im Krieg geblieben, die Frau musste sehen, wie sie die Familie durchbringt. Also ging sie in den Wald.«

»Was? Wildern?«

»Genau. Und dabei wurde sie erschossen. Wildern war verboten, wer erwischt wurde und nicht ... sagen wir, kooperierte, für den war's gefährlich. Im Falle der Frau Holzhauer ist das dann auch noch blöd gelaufen, weil der Grüninger Adolf schlecht zielte. Aber er war im Recht. Einfache Sache. Amtlich abgeschlossen.«

Herzl runzelte die Stirn, wie er das immer tat, wenn er kombinierte. Auch, wenn ihm heute jede Denkfalte einzeln wehtat.

Schatz sprach aus, was beiden durch den Kopf ging.

»Man kann doch nicht so einfach jemanden erschießen, auch keinen Wilderer und schon gar keine Wilderin.«

»Damals schon.« Der Bürgermeister machte mit den Händen eine bedauernde Geste. »Und heute wahrscheinlich auch, wenn's noch Wilderer gäbe.«

»Aber was war dann daran seltsam? Auch wenn es tragisch war natürlich.«

»Wissen Sie, ich möchte die alte Geschichte nicht wieder aufwärmen, aber es geht hier schließlich um einen Mordfall. Da sollten Sie Ihre Spuren, die Sie sich da zusammenreimen, schon verfolgen dürfen«, sagte der Bürgermeister und die Kriminaler fragten sich, was hinter seiner kryptischen Ausdrucksweise stecken mochte.

Aber es war noch nicht die Zeit, Kleinigkeiten zu hinterfragen. Zuerst brauchte man so viele Puzzlesteine wie möglich. Zusammensetzen konnte man die immer noch. Erst einmal ließen sie den Bürgermeister agieren. Der erhob sich und öffnete die Tür zu seinem Vorzimmer.

»Frau Heinze, könnten Sie mir aus dem Archiv die Akte zum Fall Holzhauer holen?«

Er ging zum Schreibtisch zurück und setzte sich wieder.

Schatz war irritiert. »In einer Gemeindekanzlei gibt es eine Akte zu einem, sagen wir, seltsamen Todesfall? Sollte die nicht bei der Polizei liegen?«

»Sie werden sich wundern. Der Fall hat viel Staub aufgewirbelt. Der Zeitungsartikel von vor ein paar Wochen war nur die Spitze des Eisberges. Alle paar Jahre kommt ein Zeitungsschreiber von der Schreiberschule und zieht die alte Geschichte erneut hervor. Es ist durchaus nicht alles so glasklar, wie es den Anschein hat. Amtlich gesehen aber eindeutig. Und dann war da natürlich noch der ganze Schriftverkehr bezüglich der Kinder, die ja irgendwo unterkommen mussten. Das war damals zum Teil auch Gemeindesache, da jemanden zu finden. Obwohl das Landratsamt da auch eingeschaltet war.«

Schatz überlegte, dass der Bürgermeister mindestens drei Mal zu oft betonte, dass es amtlich gesehen kein Mord war, was die Sache exorbitant verdächtig machte.

Schweigen breitete sich über die drei Männer und jeder hing seinen Gedanken nach.

Bis die an den appetitlichen Stellen üppige Frau Heinze, Julia, 29 Jahre alt, hoffentlich ledig, den ebenso üppigen Aktenordner hereinbrachte und auf den Bürgermeistertisch legte. Sie lächelte verbindlich, strich sich eine blonde Haarsträhne aus dem hübschen Gesicht und verließ den Raum mit wogenden Hüften.

Herzl straffte sich und plötzlich konnte er diesem elenden Einsatz etwas abgewinnen. Während der Bürgermeister und sein Kollege Schatz einen Blick in den Ordner warfen, folgte er der wohlproportionierten Sekretärin in das Vorzimmer.

Er schloss die Tür hinter sich.

»Und Sie, Frau Heinze, was wissen Sie über die Vorkommnisse des letzten Abends?«

Große Kulleraugen unter dem blonden Pony taxierten ihn. Herzl wusste, dass er einen Schlag bei den Frauen hatte – seine zuweilen recht anstrengenden Nächte sprachen darüber Bände – und setzte sich selbstbewusst auf eine freie Ecke ihres Schreibtisches.

»I weiß bloß, was seit heut früh die Leit, die in die Kanzlei kommen, alles erzählen. Und i denk‘, dass das ned nur annähernd so viel ist, wie Sie bereits in Erfahrung bracht ham.«

»Oh, Sie würden sich wundern, was uns Kriminalern alles nicht erzählt wird.«

Herzl rückte sich auf der Schreibtischplatte ein wenig zurecht, um eine bessere Aussicht auf ihre Draufsicht zu bekommen.

»Wie wäre es, wenn Sie mir heute Abend ein wenig Hintergrundwissen beibringen würden.«

»Oh, ich würd Ihnen gerne was beibringen. Aber nicht im Dorfwirt. Ich kenn da eine prima Pizzeria in der Stadt. Wie wär‘s?«

»Adresse?«

Sie schob ihm kokett einen Zettel hin.

»Um acht? – Und vergessen‘s Ihren Notizblock nicht.«

Er wurde einer Antwort enthoben, weil Schatz und der Bürgermeister aus dem Büro kamen. Sein Kollege hielt den Aktenordner unter dem Arm, überschaute die Lage sofort und sah Herzl missbilligend an. Dann verließen sie die Kanzlei.

»Du hast dich wohl wieder nicht zurückhalten können? Hab ich recht?«

Schatz war durchaus wütend auf den jüngeren Kollegen.

»Ich habe recherchiert. Und werde meine Recherchen heute Abend ausbauen. Was denkst du wohl, hört die Holde hier so den ganzen Tag? Das kann durchaus interessant sein.«

»Wenn das so ist, komme ich mit.«

»Untersteh dich!«

Schatz grinste nun doch, als er sich hinter das Steuer setzte und auf die Uhr schaute.

»Drei Uhr durch. Ich fühle mich, als wäre ich schon zwei Tage auf den Beinen. Trotzdem könnten wir noch bei der Polizeidienststelle vorbeischauen. Und mal kurz nachfragen, was die von dem eigenartigen Todesfall der Frau Holzhauer wissen.«

Man wusste etwas, aber nicht viel. Tatsächlich galt der Fall als abgeschlossen, da es amtlich gesehen ein Fall von Wilderei gewesen war, in dessen Verlauf der Wilderer, respektive die Wilderin, aufgrund von Gegenwehr erschossen worden war.

Schatz konnte das Wort ›amtlich‹ nicht mehr hören.

Sie unterhielten sich mit Polizeiobermeister Häupl, da Rödel nicht zu sehen war, was weder Schatz noch Herzl störte.

Häupl informierte sie darüber, dass mit ersten Ergebnissen der KTU zum aktuellen Mordfall frühestens am nächsten Tag zu rechnen war, eher aber wohl erst am übernächsten.

Damit blieb für den heutigen Tag nichts mehr übrig, als sich in der öden Wirtsstube ein Abendessen zu gönnen und sich der jeweiligen Abendbeschäftigung zu widmen.

Für Schatz bedeutete dies, ein Leseabend in trockenen und sicherlich auch angestaubten Akten, für Herzl eine ausgiebige Vernehmung bei üppiger Pizza mit besten Aussichten.

Gut, dass er ein eigenes Zimmer hatte.

# Kapitel 3

Falls Herzl gehofft hatte, dass die Schöne im offenherzigen Dirndl zur Verabredung kommen würde, wurde er enttäuscht. Sie trug eine zugegebenermaßen sehr knackig sitzende Jeanshose und eine bis oben hin zugeknöpfte Bluse. Strategisch gesehen war das nun auch wieder kein Beinbruch, weil Herzl sich mit Knöpfen auskannte.

Sie waren bei der Begrüßung zum vertraulichen ›Du‹ übergegangen und hatten sich einen Tisch in einer der schummrigen Ecken des verwinkelten Lokals ausgesucht.

»Und, was erzählen die Leute jetzt so?«

Georg Herzl versuchte, ein wenig dienstlich zu wirken, um seine Absichten nicht gar so offen darzulegen.

»Dass es mit dem Kurt den Falschen erwischt hat.«

»Gibt's denn einen Richtigen?«

»Nein, so ham die Leute das auch nicht gemeint. Bei uns wer'n keine Leut umbracht, Herr Kriminaler. Des gibt's einfach ned.«

»Hats aber doch gegeben, letzte Nacht.«

»Ja, scho blöd. Echt.«

Sie spielte mit einer Locke ihres unglaublichen dicken, blonden Haares, das sie jetzt offen trug.

Der rassige Kellner, der eindeutig vom anderen Ufer war, zückte sein elektronisches Bestelldings mit einem Schwung und tippte mit einem schmalen Stift auf das Display.

»Signorina, was wunschen Sie?«

»Eine mit allem. Und eine Halbe Bier.«

»Allora, und der Herr?« Er wandte sich mit einem gelungenen Hüftschwung an Herzl. Der hätte schwören können, dass ihm der heißblütige Kellner in jenem Moment zugezwinkert hatte.

»Das Gleiche.«

»Kommt pronto!«

Der hüftschwingende Kellner zog ab.

»Was weißt du über diesen Todesfall der Wilderin damals?«

»Gar nix. Des is doch scho hundert Jahre her.«

Sie hatte eine bezaubernde Art, die hiesige Landessprache mit dem zu mischen, was sie als Hochdeutsch erachtete.

»Aber seit des wieder Tagesgespräch is, hört ma so allerlei.«

»Es ist wieder Tagesgespräch? Warum? Jetzt, wegen des aktuellen Mords?«

»Naa, also: Nein. Ein Zeitungsschreiber hat die Geschichte wieder ausgegraben. Vor ungefähr vier Wochen. Und seitdem wird darüber wieder gred.«

»Gred?«

»Geredet halt.«

»Ach so«.

Der schwungvolle Kellner brachte die zwei Bier.

Sie prosteten sich zu und tranken einen tiefen Schluck.

»Gut, euer Bier.«

»Das Beste halt.«

»Genau.«

Herzl hatte seine Halbe zur Hälfte geleert und mahnte sich selbst, ein wenig zurückhaltender mit dem Alkohol zu sein. Er hatte die vorhergehende Nacht noch nicht ganz überwunden.

»Was machte denn der Grüninger so?«

»Der war bei der Feuerwehr Ehrenmitglied und auch beim Schützenverein. Und er hat bei den Asylanten ausgeholfen, bei den Anträgen und so. Er war ja bei der Behörde und hat sich mit so was ausgekannt. Und er war im Kirchenchor. Bass. Der war immer beschäftigt, weil er auch auf dem Hof noch mitgeholfen hat. Nimmer so wie früher, aber immer noch recht tatkräftig.«

»War er denn nett?«

»Ja, ein netter Mensch. Wirklich. I hab keine Ahnung, wer dem was Böses wollen könnt.«

Sie atmete tief durch und die Schwerstarbeit leistenden Knöpfe über ihrer rundesten Stelle ergaben sich der Schwerkraft. Ein spitzenbesetzter BH kam darunter zum Vorschein. Als wäre es das normalste auf der Welt, knöpfte sie die Bluse wieder zu und wischte die nach vorne gefallene Haarpracht lässig nach hinten.

Herzl seufzte. Er liebte Frauen, die richtig waren. Also mit allem Drum und Dran. Mit Dran hauptsächlich.

»Due Pizze Gigante!« Kellner Stefano parkte zwei riesige Teller mit köstlichen Pizzen vor ihnen auf dem Tisch, der beinahe zu klein war für die zweifache Gigante.

»Gracias«, sagte Herzl.

»Este español!«, schmunzelte Stefano keck und antwortete darauf: »De nada!«

In einer italienischen Pizzeria war man schließlich international.

Die dralle Julia hatte davon nichts mitbekommen, weil

sie sich mit Feuereifer über ihre Pizza hermachte. Herzl gefiel ihr Appetit und er fing an, seine Gigante in Tortenstücke aufzuteilen. Die Stücke aß er aus der Hand, was Julia dazu verleitete, es ebenso zu machen.

Die kleine Sauerei, die die heiße Tomatensoße dabei in ihren Gesichtern anrichtete, passte zum ausgesprochen albernen, aber zauberhaften Abend wie die Faust aufs Auge.

Während der lockeren Vernehmung von Frau Julia Heinze durch Kriminalkommissar Herzl, wälzte sein Partner trockene und staubige Akten in der schmucklosen Dorfwirtsstube. Er hatte sich in eine ruhige Ecke zurückgezogen, Schnitzel mit Pommes bestellt und dazu ein kühles Bier, und anschließend begonnen, die Unterlagen durchzublättern.

Langsam dämmerte ihm, was der Bürgermeister-Schwager in aller Vorsicht angedeutet hatte, mit seiner Betonung auf die amtliche Beendigung des Vorganges. Der Fall hatte Ecken und Kanten und heutzutage würde man ihn niemals so schnell zu den Akten legen, wie dies damals offensichtlich passiert war.

Schatz notierte sich die Fakten, die er in dem besagten Zeitungsbericht, der nicht einmal vier Wochen alt war, fand.

Die Frau Holzhauer Else hatte vier Kinder gehabt, Hermann, der Älteste mit ungefähr dreizehn Jahren, Holger, der um die zehn Jahre alt gewesen sein musste, und noch zwei jüngere Zwillingsmädchen Renate und Hedwig. Holger und Renate waren inzwischen schon verstorben, der Junge noch im jugendlichen Alter durch eine Grippeerkrankung. Zum Verbleib der Kinder wusste der Autor auch nichts zu berichten, aber er beschrieb ausführlich die schwierige Situation der Frau Holzhauer, damals, unmittelbar nach dem Krieg. Der Journalist warf einige Fragen auf, die sich aus dem damaligen Fall ergaben, bot allerdings auch keine Antworten an. Es erschien Schatz, als wollte der Schreiber lediglich provozieren, war aber zu faul gewesen, eigene Recherchen anzustellen. In erster Linie ging es ihm um die Frage, warum der Polizist die Frau hatte erschießen müssen. Schatz runzelte die Stirn. Der Artikel war äußerst einseitig verfasst, mit eindeutiger Tendenz gegen die Polizei, die damalige im Speziellen. Schatz vermutete allerdings, dass der Zeitungsschreiber mit der Polizei grundsätzlich nicht wirklich im Einklang stand.

Schatz las den Artikel nur noch durch und unterließ es, weiter mitzuschreiben, da ihm die Augen langsam zufielen. Das süffige Bier tat das seine dazu und er beschloss, auf sein Zimmer zu gehen und festzustellen, was sich in seiner Reisetasche, die er in der vergangenen Nacht schnell und unkonzentriert eingepackt hatte, alles finden würde.

Wenn er sich erst einmal eine Dusche gegönnt hatte, würde er vielleicht wieder ein wenig wacher sein, um die Lektüre fortzusetzen.

War er jedoch nicht. Der Versuch, sich noch einmal mit dem Fall zu befassen, endete damit, dass er sich nach mehreren Anfällen von Sekundenschlaf todmüde dazu entschloss, endlich ins Bett zu gehen.

****

*»Du sollst nicht wieder ins Holz gehen!« Der halbwüchsige Junge zerrte am Rucksack, den seine Mutter gerade im Begriff war zu schultern. »Lass mich rausgehen. Ich find schon was.«*

*»Was denkst du wohl? Dass ich mein Kind zum Wildern schick'?«*

*Die junge Frau trug Männerhosen, die ihr um die Beine schlotterten und ein kariertes Hemd, das ebenso zu weit war. Es waren Sachen ihres Ehemannes, der im Krieg geblieben war. Ihre langen, blonden Haare hatte sie zu einem Dutt gedreht und am Kopf festgesteckt. Nun stülpte sie einen weitkrempigen Hut darüber. Ihre Figur war darunter kaum zu erahnen, sie sah aus wie ein nicht allzu großer, zierlicher Mann. Endlich entriss sie dem Jungen den Rucksack, in dem ein Fernglas und ein großes Messer in einer Scheide steckten und schulterte ihn.*

*»Pass auf deine Geschwister auf. Das ist mehr wert, als wenn du da draußen rumlaufen würdest!«, befahl sie ihm mit strenger Stimme, weil sie seinen trotzigen Blick bemerkte.*

*Dann hängte sie sich das Jagdgewehr ihres toten Mannes um, das sie bei Kriegsende vor den Amerikanern versteckt hatte und verließ die Stube auf leisen Sohlen.*

*Der Junge blieb ängstlich zurück. Jeder Gang in den Wald konnte für seine Mutter der letzte sein. Die staatlichen Jäger waren scharf auf Wilderer, da die Wilderei überhandgenommen hatte. Sogar die Polizisten waren auf Streife in den Wäldern.*

*Zuerst war Krieg gewesen, da hatte man nichts gehabt, nun waren die Nachkriegsjahre, da hatte man auch nichts. Wer eine kleine Landwirtschaft besaß, musste zumindest nicht Hunger leiden. Aber diejenigen, die wie die Holzhauers nur auf Logis wohnten, und auch noch den Ernährer verloren hatten, taten sich schwer, sich durchzubringen.*

*Die Mutter arbeitete abends in der Wirtschaft. Im Wirtshaus wohnte die Familie auch, in einer engen Stube im Dachgeschoss. Sie hasste die Arbeit als Kellnerin, weil die Männer nicht zimperlich waren und sie sich ihrer Haut möglichst nicht wehren sollte. Das war schlecht fürs Geschäft. Die besoffenen, schmierigen Kerle waren ihr zuwider, aber sie hielt durch, wegen ihrer Kinder.*

*Da kam das bisschen Fleisch, das sie sich hin und wieder aus dem Wald holte, gerade recht.*

*Doch die Aussicht auf Wildbret war heute nicht das Einzige, was sie in den Wald lockte. Ihre Vergangenheit hatte sie eingeholt. Die Sache musste geklärt werden. Ein für alle Mal!*

*So leise sie auch gewesen war, hatte sie doch jemanden aufgeschreckt. Dieser Jemand folgte ihr ungesehen hinaus in den Wald.*

* * * *

Georg Herzl sah am nächsten Morgen erstaunlich ausgeschlafen aus, als er sich zu Robert Schatz an den Frühstückstisch setzte.

»Ruhige Nacht gehabt?«, fragte ihn sein Kollege, der bereits bei der zweiten Tasse Kaffee war, überrascht.

»Danke, ja.« Das klang durchaus nicht erfreut.

»Warum so sauer? Springen die hiesigen Damen auf deinen Charme nicht so schnell an, wie anderswo?« Schatz grinste.

»Eine Wahnsinnsfrau, aber recht ... schüchtern. Dafür hab ich die Adresse vom schwulen Kellner in der Pizzeria bekommen.«

»Ich vermute, du hast keinen der beiden mit auf dein Zimmer genommen.«

»Ph!«

Herzl holte sich Semmel, Wurst und Marmelade und frühstückte fortan schweigend, während Schatz, der bereits damit fertig war, ihm vom Akt Holzhauer, Else erzählte.

Letztendlich gab es nichts Neues, da Schatz bisher nur den mehr als tendenziös formulierten Zeitungsartikel überflogen hatte.

Nachdem Herzl nach erfolgreichem Frühstück ein wenig zugänglicher geworden war, beschlossen sie, zuerst die restlichen Papiere durchzusehen, um dann noch einmal bei Grüningers nachzufragen und weitere Recherchen anzustellen.

In Schatz' Hotelzimmer hatten sie die Unterlagen auf das Bett gebreitet und akribisch durchleuchtet. Es gab dieselbe ›amtliche‹ Information auf beinahe jedem der Zettel und keinen wirklichen Hinweis darauf, dass es vielleicht anders gewesen sein könnte, als in der offiziellen Darstellung verbreitet. Immerhin fanden sie Briefe der Behörde, woraus hervorging, wohin die vier Kinder damals gebracht worden waren.

Während Hermann und Holger zu Pflegefamilien im Regensburger Raum geschickt worden waren, waren die beiden Mädchen ins Waisenhaus in der nahen Kreisstadt gekommen. Ein Hinweis auf weitere Verwandte der Kinder war nicht zu finden.

»Na gut, ich würde sagen, dass wir zuerst mal herausfinden, was aus den Kindern geworden ist. Also, aus den zwei überlebenden Holzhauers. Der Hermann müsste heute Ende siebzig sein, die Hedwig siebzig. Wer weiß, vielleicht haben sie Kinder, die sich für die Familiengeschichte verantwortlich fühlen?«

»Glaubst du wirklich, dass zwischen den beiden Fällen ein Zusammenhang besteht?« Herzl zweifelte daran.

»Weiß nicht. Aber es liegt irgendwie schon nahe. Auch, wenn es lange her ist. Zumindest sollten wir die Spur verfolgen, soweit es geht. Und so lange die Ergebnisse von der KTU noch nicht da sind, können wir eh nichts machen.«

»Also brauchen wir jetzt mal einen Zugriff auf den Polizeicomputer. Vielleicht sind die beiden noch irgendwo gemeldet. Wenn sie nicht auch schon verstorben sind.«

»Wir könnten ja ausnahmsweise mal Glück haben und die haben sich immer ordentlich umgemeldet, so dass eine brauchbare Adresse zu finden ist.«

Schatz schob die Papiere wieder zusammen und verstaute sie in der Schublade der mächtigen Kommode, die in seinem Zimmer stand.

»Dann wollen wir mal. Besuchen wir die Kollegen.«

Rödel kam aus seinem Büro, als Häupl ihm ankündigte, dass die Kriminaler auf den Türsummer gedrückt hätten und Einlass begehrten. Er stand schon im Parteienraum, als Schatz und Herzl eintraten.

»Was können wir denn heute für die Herren Kriminaler tun?« Rödels Ton war überhöflich, die Miene – wie immer – undurchdringlich.

Schatz ging das Getue des uniformierten Kollegen gehörig auf den Senkel, während Herzl, was grenzwertiges Benehmen betraf, eine höhere Hemmschwelle hatte.

»Erst einmal brauchen wir ein Büro mit einem PC, um anständig arbeiten zu können. Dann würden wir drum bitten, dass Sie einen Kollegen zu unserer Verfügung abstellen. Wenn möglich den Oberwachtmeister Häupl, weil wir uns jetzt schon kennen.«

»Büro und Häupl geht klar. Und weiter?«

»Der Fall Holzhauer, Else liegt uns im Moment recht nahe im Zusammenhang mit dem aktuellen Mordfall. Dazu brauchen wir die amtlichen Akten.«

»Geht auch klar. Dauert aber, weil die im Zentralarchiv liegen. Und weiter?«

»Wo ist das Büro?«

»Häupl, Sie unterstützen die Kollegen Kriminaler nach Kräften. Nehmen Sie den Raum gegenüber und organisieren Sie noch zwei Zugangsberechtigungen.«

Der Oberwachtmeister erhob sich und marschierte voran in das Büro, das gleich über den Flur lag.

Entgegen Schatz' ursprünglichen Erwartung war es ein großer Raum mit zwei unbenutzt aussehenden Schreibtischen, einer großen, noch leeren Pinnwand und einem Aktenschrank mit umfangreichem Büromaterial. Auf einem der Schreibtische standen ein Bildschirm mit Tastatur und ein Drucker.

»Hier lagern wir normalerweise das Büromaterial. Bedienen Sie sich mit dem, was Sie brauchen. Sonst machen wir hier die Anzeigenaufnahme oder Vernehmungen, da ist man ungestörter als drüben im Parteienlokal. Aber so lange

Sie hier sind, wird Sie keiner stören. Und der PC ist vernetzt.« Häupl erwies sich als weitaus zugänglicher als sein Vorgesetzter, obwohl sowohl Herzl als auch Schatz unabhängig voneinander stark die Vermutung hegten, dass Rödel über den Stand der Ermittlungen in der Folge durchaus gut informiert werden würde.

»Wunderbar. Dann würde ich sagen, holen Sie Ihre Siebensachen mal herein. In den nächsten Tagen werden Sie hier drin gebraucht. Oder auch bei der Zeugenvernehmung draußen. Je nachdem.«

Der Oberwachtmeister nickte beflissen, blieb aber erst einmal stehen.

»Also, was liegt an?«

»Wir brauchen die aktuellen Adressen von Hermann Holzhauer, zirka Ende siebzig und Hedwig, geborene Holzhauer, um die siebzig.«

»Die Kinder vom damaligen Opfer? Ich schaue, was ich herausfinden kann. Zuvor fordere ich aber die Akte vom Zentralarchiv an.« Häupl setzte sich hinter den PC.

»Gut.« Schatz nickte, während Herzl sich am Büromaterialschrank zu schaffen machte und Papier und Stifte zutage förderte. Er beschriftete die bunten Bögen und pinnte sie an die Korkwand. Links die Namen und Daten des früheren Geschehens. Rechts die des aktuellen Mordfalls.

Häupl blickte auf und las die Notizen.

»Da werden sich einige Leute auf den Schlips getreten fühlen, wenn Sie den alten Vorfall wieder aufwärmen.«

»Warum das? Ist sowieso Tagesgespräch, wie ich mir habe sagen lassen«, sagte Schatz.

Herzl setzte sich auf den zweiten Bürostuhl und Schatz

lehnte sich mit verschränkten Armen gegen die Wand, deren einziger Schmuck ein Bild vom Bayerischen Ministerpräsidenten war, der irgendjemandem lächelnd die Hand schüttelte.

»Der Familie Grüninger hat der Artikel ganz und gar nicht gefallen. Weil er unterschwellig andeutet, dass vielleicht andere Dinge, als nur die reine Selbstverteidigung, Grund für den verhängnisvollen Schuss gewesen sein könnten.«

Schatz nickte bedächtig.

»Sind Sie eigentlich von hier, Herr Häupl?«

»Klar. Aber ich war in der Ausbildung in Franken. Und egal, wo in Bayern man ist – die Oberpfälzer sind immer die Halbwilden. Die aus dem Urwald. Da hab ich mir angewöhnt, Hochdeutsch zu sprechen.«

Der junge Mann wirkte recht pfiffig.

»Mhm.« Schatz wandte sich zu dem Bild um und fragte zusammenhanglos: »Und wem gibt unser Landeschef hier die Hand?«

»Erkennen Sie ihn nicht? Rödel ist das. Eine Ehrung wegen einer Lebensrettung. Der Chef hat zwei Leute aus einem brennenden Auto gezogen. War knapp damals. Deshalb auch die komische Frisur da auf dem Bild. Es hatte ihm die Haare versengt.«

Schatz und Herzl starrten auf den lächelnden Landesvater und den nur wenig kleineren Mann, der im Halbprofil neben ihm stand und eine Art Punkfrisur im Profil erkennen ließ. Im wirklichen Leben war Rödel größer, aber neben der stattlichen Größe seines Gegenübers wirkte jeder erst einmal klein.

Schatz riss sich los vom etwas schief hängenden Bild und wandte sich wieder an Häupl.

»Na gut, also die Adressen, wenn möglich. Falls Sie auf direktem Wege nichts herausfinden, könnten wir noch über die damaligen Aufenthaltsorte der Kinder gehen. Vielleicht können wir ihre Spur bis heute verfolgen.«

»Gehen Sie davon aus, dass einer der beiden die Mutter gerächt hat? Jetzt, nach so langer Zeit?«

»Wir gehen erst mal von gar nichts aus und verfolgen die Spuren, wenn sich uns welche bieten. Außer der Tatsache, dass der Herr Grüninger, Kurt, die Mutter Theresa von Damling war, haben wir bisher nichts Brauchbares.«

»Verstehe...« Der eifrige junge Polizist hatte sich, noch während er sprach, mit dem Personenregister befasst.

»Hier haben wir einen Treffer. Hedwig Holzhauer, geboren 1946 in Damling, verstorben 2013 in Regensburg.«

»Das ging ja fix.« Schatz beugte sich über Häupl und starrte auf die Angaben im PC.

»Immer noch der Mädchenname. Könnte bedeuten, dass sie keine Nachkommen hat. Also auch niemanden, der sich eventuell berufen fühlt, die Familienehre zu retten.«

»Eine gewagte Theorie. Aber ich werde mich anschließend daran machen, herauszufinden, in welchen Familienverhältnissen die Frau Holzhauer gelebt hat.«

Häupl tippte weiter, versuchte es in verschiedenen Archiven und sogar über die Suchmaschine. Hermann Holzhauer war nicht aufzutreiben.

»Leider, kein passender Treffer für Hermann Holzhauer. Also werde ich mal die Familie kontaktieren, bei der er damals untergekommen ist. Dazu brauche ich aber die Akte, wegen der Adresse.«

»Ich habe die Adresse. In der Gemeindeverwaltung von Damling befindet sich ein ziemlicher dicker Akt über die Sache damals. Die Adressen der beiden Pflegefamilien und des Waisenhauses, wohin man die Kinder gebracht hat, standen da auch drin.«

Schatz übergab den eilig hingeschmierten Zettel an Häupl.

Der runzelte die Stirn.

»Könnte so ziemlich alles heißen. Am besten Sie lesen mir das vor.«

Herzl schmunzelte, weil er Schatz' Klaue kannte. Er war immer noch dabei die Pinnwand zu gestalten, um die Zusammenhänge aufzuzeigen und hörte mit halbem Ohr der Unterhaltung zwischen seinen Kollegen zu.

Schatz und Häupl beschäftigten sich mit der Adresse und wenig später übergaben die beiden Herzl eine Telefonnummer.

»Georg, ruf da mal an und frag nach, ob die noch etwas über die Vorgänge von damals wissen. Vielleicht gibt es noch eine alte Oma oder so.«

Herzl zog den Telefonapparat heran und trommelte die Telefonnummer in die Tasten. Wenig später stellte er sich vor. Seine beiden Kollegen hörten zu, während sie dem PC weitere Informationen zu entlocken versuchten, was bedeutete, dass Häupl tippte und Schatz ihm über der Schulter hing.

»Und was weiter mit ihm geschehen ist, wissen Sie nicht?«, hörten sie Herzl gerade fragen. Er nickte, während er sprach. »Verstehe. Gut. Sie haben mir sehr weitergeholfen.«

Für die Zuhörer war das Gespräch wenig ergiebig, da Herzl mehr oder weniger nur zugehört hatte. Nun informierte er die anderen.

»Hermann Holzhauer war tatsächlich bei dieser Familie. Als einer von vier Pflegejungen, die alle im Teenageralter waren. Die Großmutter, mit der ich gerade gesprochen habe, erinnert sich noch gut daran, weil sie selber damals im gleichen Alter war, wie die Jungs. Sie sagte, ihr Vater wäre ein harter Mann gewesen und die Kinder hätten viel arbeiten müssen. Sie hatten riesige Felder mit Kartoffeln und Gemüse. Die Frau meinte, dass sie immer vermutet hat, dass ihre Eltern die Kinder nur als Arbeitskräfte missbraucht haben. Da wars nicht so weit her mit der Nächstenliebe.«

»Sagt die über ihre Eltern?«

»Stiefvater und Mutter. Der Vater war gefallen. Und ich hab sie das auch gefragt. Da meinte sie, dass ihre Mutter nichts mehr zu melden hatte, nachdem sie den Mann geheiratet hat.«

Da nur zwei Bürostühle im Raum standen, die bereits besetzt waren, zog sich Schatz einen hölzernen Besucherstuhl heran, der sicher die Ermittlungen zum damaligen Wildererunfall schon erlebt hatte. Er setzte sich rittlings darauf, so dass er sowohl Häupl als auch Herzl bequem im Blick hatte.

»Und was ist nun aus dem Hermann geworden? Ich hoffe nicht das, was ich befürchte.«

Häupl riss sich von seinem PC-Bildschirm los und sah Schatz an. »Was befürchten Sie denn?«

»Steile Karriere abwärts. Würde mich nicht wundern.«

»Du hast einen guten Riecher, Bert. Der Junge wurde mit vierzehn das erste Mal straffällig. Kleinere Diebstähle. Er blieb aber auf dem Hof. Mit sechzehn dann die erste Jugendstrafe. Immer wieder Diebstahl. Die Großmutter kann sich noch daran erinnern, dass der Hermann mit etwa zwanzig Jahren noch einmal auf den Hof kam, um dem Alten die Leviten zu lesen. Er hat ihn zusammengeschlagen und kam prompt wieder hinter Gitter. Dann hat sie ihn aus den Augen verloren.«

»Scheiße!« Schatz wirkte bekümmert. »Hört sich nach einem Kandidaten an. Ich wollte, es wäre nicht so.«

»Wenn nicht er, dann ein anderer. Irgendwer muss den Grüninger ja umgebracht haben.«

Herzl hatte inzwischen die neuesten Informationen zu Hermann Holzhauer an die Pinnwand geheftet.

»Aber wieso haben wir den Hermann dann nicht im Computer? Ist der plötzlich ehrlich geworden? Hat der die Kurve gekriegt?«

»Ich habe nichts gefunden. Aber ich hole mir mal die alten Akten zu seinem Fall. Vielleicht können wir über einen Mitgefangenen herausfinden, was der Hermann vorhatte«, schlug nun Häupl vor.

Schatz beobachtete ihn. Er war ein cleverer Kerl, der mitdachte. Nicht das Schlechteste in ihrer Situation hier, in der jeder, wie es den Anschein hatte, mauerte.

Rödel betrat den Raum und schaute in die Runde. Sein Blick blieb an der Pinnwand haften.

»Haben sich die Herren Kriminaler schon wohnlich eingerichtet. Wunderbar. – Ich habe hier einen Vorabbericht vom Gerichtsmediziner.«

»Das ging ja fix.« Schatz löste sich überrascht aus seiner bequemen Stellung und nahm Rödel die Notiz ab.

»Ja, nicht wahr? Extra für Sie beide haben sich alle anderen Leichen hinten angestellt. Aber immerhin ein interessanter Befund.«

Damit verließ er den Raum wieder und Herzl rollte genervt mit den Augen.

»Dieses kindische Getue kann ich langsam nicht mehr hören.«

Häupl verzog das Gesicht zu einem Grinsen.

»Der Rödel hat gedacht, er könnte die Ermittlungen selber übernehmen, weil die Kollegen, die normalerweise da sind, durch den Unfall längere Zeit ausfallen. Und alle anderen sind schwer überlastet, weil die Drogenwelle zur Zeit eine Menge Arbeit beschert.«

»Die Schutzpolizei übernimmt doch keine Mordfälle. Ihr habt doch genug zu tun mit dem anderen Kram. Hier passiert doch sicher auch allerlei.«

»Rödel hat sich das so vorgestellt, dass ein Anfänger aus der Kripo kommt und ihm zur Hand geht, quasi. Na, auf jeden Fall hätte er mal Lust darauf gehabt, nicht immer nur den alltäglichen Kram zu machen. Was glauben Sie, was hier so passiert? Nicht gerade ein Eldorado für abenteuerlustige Bullen. Ladendiebstahl, Schlägereien, Autoklau, Falschparker, Zechpreller, Drogen.«

»Für die Drogen sind doch andere zuständig?«, wunderte sich Herzl.

»Aber nicht, wenn es sich um Morde handelt. Deshalb auch die viele Arbeit bei der Kripo. Außerdem gibt es drei laufende Fälle, also frische Fälle, Tötungsdelikte von Deutschen in der Tschechei, also in Tschechien.«

Häupl war immer noch ein wenig befangen, wenn er mit den weit angereisten Vorgesetzten sprach und verhaspelte sich da und dort.

Schatz hakte ein: »Da haben wir überhaupt noch nicht daran gedacht. Tschechien ist doch praktisch um die Ecke, nicht wahr?«

»Zwanzig Straßenkilometer. – Was sagt denn jetzt der Bericht?« Häupl war neugierig.

Schatz überflog die zwei Seiten und die anderen warteten gespannt ab. Er runzelte die Stirn.

»Na? Und?« Herzl wurde auch ungeduldig.

»Unser Opfer war schwer krank. Bauchspeicheldrüsenkrebs, aber offensichtlich unbehandelt. Vielleicht hat er die Diagnose auch erst vor Kurzem bekommen, weil er äußerlich noch ganz gesund aussah. Auch von der Familie hat es keiner erwähnt. Auch nicht Dr. Heiler. Möglicherweise war Grüninger bei einem anderen Arzt. Vielleicht wusste er es aber auch noch gar nicht.«

»Bauchspeicheldrüsenkrebs ist praktisch immer noch ein Todesurteil, nicht wahr?«

Häupl hatte seinen Kopf auf eine Hand gestützt und hörte aufmerksam zu.

»Soweit ich weiß, zum größten Teil. Und das Messer ist ihm mit voller Wucht in den Körper gerammt worden. Die Spitze kam vorne wieder heraus und hat sich durch zwei Rippen gebohrt. Da muss jemand am Werk gewesen sein, der sehr viel Kraft hat. Der Gerichtsmediziner meint, dem Stoßwinkel und der Größe des Opfers nach zu urteilen, müsste der Täter mindestens eins achtzig groß sein. Das Messer wird in der KTU noch untersucht. Die haben das in der Leiche erst einmal drin gelassen.« Schatz ließ das Papier sinken und atmete tief durch. Ihm war irgendwie ständig schlecht, seit er hier war.

Herzl stand nachdenklich auf und ging an das Fenster, das neben seinem Schreibtisch lag und den Blick auf den Eingangsbereich der Inspektion freigab.

»Ich kann mir nicht vorstellen, dass ein alter Mann, wie es der Hermann Holzhauer inzwischen ist, so eine Kraft aufwenden kann«, überlegte er, während er hinausschaute.

Häupl warf ein: »Es gibt ja immer noch Nachfahren. Was ist eigentlich mit der zweiten Tochter? Diejenige, die schon verstorben ist. Die starb doch als Erwachsene.«

»Ich meine, in dem Zeitungsbericht gelesen zu haben, dass sie mit dreiundfünfzig Jahren an Krebs starb. Aber Sie haben recht, Häupl. Bis auf Holger, der sehr früh starb, könnten alle Nachfahren gehabt haben.«

Nun wandte sich Herzl wieder um. »Ich habe das Gefühl, dass wir uns so auf diese Holzhauers einschießen, dass uns irgendetwas anderes durch die Lappen geht.«

»Was meinst du?«

Schatz lehnte sich zurück, hatte aber vergessen, dass er falsch herum auf dem Stuhl saß. Er kippte hintenüber und schlug mit dem Kopf gegen die Wand. »Scheiße!«

Die anderen beiden lachten.

»Find ich nicht witzig! Find ich gar nicht witzig! – Besorgen Sie mir schleunigst einen richtigen Bürostuhl, Häupl. Aber pronto!«

Schatz hielt sich die Seite, weil er plötzlich Bauchschmerzen bekommen hatte. Die Schadenfreude der anderen verstärkte seinen Ärger auf sich selber. Aber warum war man Vorgesetzter, wenn man es nicht an Untergebenen auslassen konnte?

Häupl verzog sich eilig und Herzl starrte wieder blicklos aus dem Fenster. Etwas fing seinen Blick. Schatz bemerkte, dass sein Kollege etwas vehement fixierte, sich dazu sogar gegen die Scheibe drückte.

»Was ist los?«

»Komische Vögel gibt es hier auch.«

»Was meinst du mit ›komische Vögel‹?« Schatz hatte noch nicht ausgesprochen, als Häupl wieder hereingestürmt kam und die Tür hinter sich zuwarf.

»Wo ist mein Stuhl?«

»Tut mir leid. Da müssen Sie jetzt warten. Gerade eben ist der Trapper reingekommen. Da musste ich mich aus dem Staub machen.«

»Wer?«

»Was?«

Häupl sah von Herzl zu Schatz und zurück. Er grinste. »Trapper Bert. Heißt eigentlich Troppmann Berthold und ist ein alter Querulant. Alt und quer. Beides.«

»Der komische Vogel, den ich da grad habe hereinkommen sehen?«

»Ich vermute, wir meinen denselben. Mit Schlapphut und Skibrille.«

»Schlapphut und Skibrille?« Schatz saß wieder auf seinem Stuhl, diesmal richtig herum, und hatte immer noch ziehende Schmerzen im Bauch.

»Also, der Trapper wohnt in Damling. Er hat ein Notizbuch. Darin trägt er alles ein, was ihm so auffällt. Wer wann den Müll rausbringt, wer sein Auto wäscht, obwohl man das ja nicht darf, so einfach so, wer wann grillt und wie lange laut ist und so was alles. Seine Spezialität sind allerdings die Falschparker. In Damling gibt es eine Straße, in der Parken verboten ist, weil das Bankett brüchig ist und die Fahrzeuge so zu weit in der Straße stehen würden. Manchmal stellen sich Anwohner doch hin, oder auch Firmen, die in den Häusern gegenüber was zu erledigen haben. Die sind dann die Kandidaten für unseren Trapper. Er kommt pro Woche so etwa drei bis fünf Mal. Mit dem Fahrrad, aus Damling. Sind ja an die acht Kilometer einfach. Damit er keinen Sonnenstich bekommt, hat er den Schlapphut auf dem Kopf und damit ihm keine Fliege ins Auge kommt, trägt er die Skibrille. Jetzt steht er drüben und ...« Häupl unterbrach sich selber und streckte sich an Herzl vorbei, um einen Blick nach draußen zu erhaschen.

»... die haben ihn wieder weitergeschickt. Manchmal tun wir das, weil wir natürlich jeder Anzeige nachgehen müssen. Also versuchen wir, gar nicht erst eine Anzeige aufzunehmen. Aber immer geht er darauf nicht ein.«

Häupl hatte die Hand schon wieder an der Türklinke.

»Ich hole Ihnen jetzt erst mal den Stuhl.«

Schatz hatte überlegt, während Häupl vom Trapper erzählte. »Er sagt, dass er in Damling wohnt und jedes vermeintliche Fehlverhalten in sein Notizbuch einträgt. Vielleicht hat der in der Mordnacht auch was beobachtet. Es war ja sicher laut im Wirtsgarten und das war doch ein gefundenes Fressen für ihn.«

»Könnte möglich sein...«

Herzl wollte noch etwas dazu sagen, aber Häupl kam bereits zurück, mit einem Bürostuhl im Schlepptau.

Schatz verbannte den antiken Holzstuhl in eine Ecke und setzte sich auf den bequemen Bürosessel. Er stellte Häupl die Frage nach dem Alten.

Der überlegte kurz. »Doch, könnte möglich sein. Solche Festivitäten sind eigentlich seine Leidenschaft, weil irgendeiner sicher falsch parkt, zu laut ist oder in die Ecke pinkelt. Da könnte sich was in seinem Notizblock finden.«

»In die Ecke pinkelt?«

»Wildbiesler halt.«

»Ah ja.« Herzl hoffte durchaus, dass jemand, der Wildbiesler in sein Notizbuch eintrug, einen brauchbaren Hinweis auf ihren Fall geben konnte, aber eigentlich zweifelte er daran, dass der Trapper wirklich ihr Mann war. Er zog sich seine Jacke an und reichte Schatz die seine hinüber.

Schatz klopfte Häupl auf die Schulter.

»Na gut, dann überlassen wir Sie mal der Recherche über die Holzhauers. Und wir fahren nach Damling, um mit ein paar Leuten zu sprechen. – Ach, Häupl. Die Adresse vom Trapper, bitte.«

# Kapitel 4

Der Bürgermeister-Schwager saß am Wirtshaustisch mit den beiden Söhnen des Mordopfers. Sie hatten inzwischen vier bis neun Bärwurz gekippt und hingen nun dösend in den Seilen.

»Hods den oldn Kurt eiz dawischt«, gab der Bürgermeister leicht verwaschen von sich.

»Eigentlich goa ned so vokead, vo hint' ogstocha z'wern«, Kurt junior prostete mit seinem Bier in die Luft. »Prost, Papa.«

»Moanst, weils'das ned gspanst bis du doad bist?« Der Wirt und zugleich Sohn Nummer zwei, Alois, nickte zustimmend. »Goa ned so vokead. Genau!«

»Ah, de Herrn Kriminaler. Habedieehre, meine Herren.« Der leicht verwaschene Bürgermeister-Schwager tippte sich an die Stirn, als er die zwei Polizisten durch die Tür treten sah.

Schatz und Herzl hielten auf die betrunkene Familienbande zu.

»Einen heben auf den Großvater?« Schatz setzte sich neben den Bürgermeister und Herzl auf die Bank neben den Wirt.

»Sagen Sie mal, wie kommt man hier so über die Runden? Scheint nicht gerade ein bevorzugter Aufenthaltsort für Betuchte zu sein, dieses Oberpfalz hier.«

Herzl hatte eine eigene Art sich auszudrücken, wenn er nicht genau wusste, wie er es formulieren sollte. Wissen wollte er eigentlich etwas ganz anderes. Nichtsdestotrotz funktionierte es auch diesmal.

»Mei, de san alle am Absaufa«, ließ der Wirt vernehmen. »Seng Sie vielleicht a Kundschaft do herin?«

»Genau! Und de Bauern kinna eara Sach a ned vokaffa. Kost ja nix mehr. Der Milchpreis is a Schand«, fügte Kurt Junior hinzu.

Herzl hoffte, dass Schatz verstehen konnte, was die beiden da von sich gaben, weil er selbst nicht alles erfasste, stichelte aber munter weiter.

»Was meinen Sie denn mit ›Absaufen‹?«

»Bei de meistn geits hold grod so rundum. – Geh, Luise, bring ma doch no an Bärwurz und a oan fia de Kriminaler.« Kurt winkte hinüber zu seiner Schwägerin, die an der Theke stand und Gläser polierte.

Normalerweise beriefen sich die Kriminaler gerne auf ihren Dienst, aber in diesem Fall hörte man vielleicht mehr, wenn man sich auf den Bärwurz einließ.

»Und bei Ihnen? Wie ging's da?«

»Grod so, wei i grod g'sagt hob.«

»Sans verschuldet?«

»Wer is des ned?«

»Ja, mei.« Das war der Wirt.

»Ja, mei.« Das der Bürgermeister-Schwager.

»Ja, mei.« Kurt legte den Kopf auf seine Arme und schien ein Nickerchen einzulegen.

Schatz und Herzl sahen sich an, kippten den Bärwurz, der mehr als gewöhnungsbedürftig schmeckte, und warteten erst einmal ab. Wer schon so früh am Morgen ein Wirtshausnickerchen einlegen musste, war vielleicht auch bereit, die Welt an seinem Elend teilhaben zu lassen.

»Ja, ja...«, begann Herzl wieder hintersinnig, »... da arbeitet man die ganze Zeit und schafft einfach nichts beiseite. Und dann ist man alt und fragt sich, wofür man sich eigentlich den Wolf geschuftet hat.«

Schatz sah den Kollegen stirnrunzelnd an, was wohl bedeuten sollte, dass er einen Gang zurückschalten sollte. Herzl grinste und machte mit einer Hand eine beschwichtigende Handbewegung. Die Hintenrumfragerei lag ihm recht gut, im Gegensatz zum geradlinigen Schatz.

Kurt hob den Kopf wieder und sah die beiden mit glasigen Augen an.

»Der Papa hod sei Lem lang gschuft. I hob allweil gmoant, dea hod wos aaf da Seitn, owa nixn is. Koa Göld.«

»Die Erbschaftssache ist doch so schnell gar nicht durch. Da sollten Sie schon noch ein wenig Geduld haben. Woher wollen Sie denn wissen, dass kein Geld da ist?«, folgte Schatz nun Herzls Fährte, da er ihm ansah, dass der kaum ein Wort verstanden hatte.

»Hod d'Mama gsagt.«

»Ja, dann.«

Die Kriminaler erhoben sich. Die Schnapsleichen vor ihnen würden hier und jetzt ihren Rausch beschlafen, da bot es sich an, bei den Schwiegertöchtern und der Mutter nachzuhaken, ohne dass die Männer dazwischen kamen.

Frau Grüninger, Beate, bestätigte die Aussage vom Kurt. Kein Geld da. Obwohl eins da sein sollte. Jedenfalls nach ihrer Meinung. Um die Gelddinge hatte sich der Mann gekümmert. Aber heute war sie auf der Bank gewesen und dort war ihr gesagt worden, dass das Konto leer war. Alle Konten, auch das Sparbuch. Da aber nur ihr Mann zeichnungsberechtigt gewesen war, wie die gute alte Tradition es verlangte, gab ihr die nette Dame von der Hausbank kulanterweise diese Auskünfte. Obwohl sie das eigentlich nicht durfte. Und daran kaute die Grüninger-Sippe gerade. Nicht daran, dass die Dame verbotenerweise die Auskunft gab, sondern am Inhalt der Auskunft.

Herzl notierte: *Kontenüberprüfung der Grüningers.*

»Wie ist es denn mit der Lebensversicherung, Frau Grüninger?«

»I hob me um sowos nia ned kimmat.«

Also keine Ahnung.

Schatz kniff die Lippen zusammen und überlegte.

»Frau Grüninger, wo hat denn Ihr Mann die wichtigen Unterlagen aufbewahrt? Sagen wir mal, die Sachen, die er mitnehmen würde, falls es brennt oder so was.«

Er kannte diese Marotte der alten Leute, einen Fluchtkoffer zu packen. Vielleicht ein Überbleibsel von so mancher Bombennacht, obwohl er nicht wusste, ob hier jemals Bomben gefallen waren.

Sie saßen im zweiten Zimmer im Obergeschoss, das neben dem Mordzimmer lag. Die beiden Alten hatten sich dort eine gemütliche Stube eingerichtet, mit Fernseher und einem Kühlschrank. Gekocht und gegessen wurde offensichtlich gemeinsam in der Wohnung der Juniors. Jetzt sah es so aus, als würde die Frau hier übernachten, da auf einem Sessel Bettzeug lag.

»Do hod er an Koffer ghabt. Den do.«

Frau Grüninger stand auf und war stehend kaum größer als die beiden Kriminaler im Sitzen. Sie zog einen Aktenkoffer aus der Nische zwischen Wohnzimmerschrank und Wand.

»Dürfen wir den mal anschauen?«

Schatz ging vorsichtig zu Werke, um die Frau nicht zu verschrecken. Sie wirkte vollkommen arg- und ahnungslos, so dass er keinen Anlass hatte, sie eines Mordkomplottes zu verdächtigen.

Aufgrund der Tatsache, dass auch die Anverwandten so bereitwillig Auskunft gaben, weitete er diese Unschuldsvermutung auch auf sie aus. Worin lag also das Motiv?

Sie begutachteten den Inhalt des Koffers. Eine Lebensversicherung in Höhe von fünfhunderttausend Euro. Begünstigte war die Ehefrau. Durchaus ein Motiv. Trotzdem änderte Schatz seine Meinung über die Familie, zumindest über die alte Frau Grüninger, nicht.

Ein Sparbuch. Herzl hatte es aufgeschlagen und runzelte die Stirn. Eine Abhebung von drei größeren Summen in den letzten vier Wochen. Insgesamt zehntausend Euro. Die letzte Abhebung war vor vier Tagen erfolgt. Nur noch eine kleine dreistellige Summe war übrig.

Sie legten die Unterlagen wieder ordentlich in den Koffer zurück.

»Wir lassen Sie dann mal alleine. Wenn wir etwas über die Freigabe des Toten hören, sagen wir Ihnen sofort Bescheid.«

Die Frau nickte abwesend und packte den Koffer zurück in die Ecke.

»Ich kann mir absolut nicht vorstellen, dass die Familie irgendwie an einem Komplott beteiligt ist. Die gehen derart naiv an die Sache heran, dass die so was gar nicht durchziehen könnten.«

Schatz und Herzl parkten am Straßenrand der Durchgangsstraße von Damling und gingen das eben Gehörte noch einmal durch.

»Ich habe mir heute im Wirtshaus irgendwann einmal gedacht, dass so viel Naivität schon wieder raffiniert sein kann, aber ich glaube nicht daran. Zumindest, was die Ehefrau und die Söhne betrifft. Zu den Frauen kann ich nichts sagen. Diese Adele zumindest war mir nicht sympathisch. Ein wenig kalt fand ich die. Und die Wirtsfrau ist eher so eine nichtssagende Maus, die unauffällig bedient.«

»Genau den Eindruck hatte ich auch. Ich würde sagen, wir reden mal mit der Hausbank der Grüningers. Aber zuerst schauen wir zu diesem Trapper. Vielleicht steht ja was in seinem schlauen Buch.«

Herzl legte den Gang ein und fuhr los. Häupl hatte ihnen genau erklärt, wo der einsam gelegene Hof des Dorfunikums lag.

Nachdem sie den Ortskern verlassen hatten, ging es eine kurze Strecke auf einer ungeteerten Straße den Waldrand entlang. Der Kiesweg endete direkt beim Haus des Trappers.

Es duckte sich winzig, mit dicken Mauern und kleinen viergeteilten Fensterchen, unter den Ausläufern des ausgedehnten Waldes, der dahinter begann.

Der Verputz war einmal weiß gekalkt worden, nun aber

sog sich die schmutzige Nässe fast bis unter das weit überschießende Dach, dessen Dachstuhl bereits nachließ, wie man an den Wellenlinien auf dem First erkennen konnte. Das Gehöft war eingerahmt von einem altertümlichen, aus Holzstecken bestehenden Zaun. In der Mitte des Hofes türmte sich der unvermeidliche Misthaufen, rundherum vergnügten sich einige glückliche Hühner, die überall ihren Dreck hinterließen.

Direkt neben der Haustür führte eine zweite Tür in den Stall. Dieser Bereich strotzte vor Dreck. Mist, wie Schatz zu erkennen glaubte. Nur ein schmaler Zugang am Haus entlang gestattete einen trockenen Zugang zu den beiden Türen, der Rest des Hofes hing in einem sanften Gefälle vom Haus weg. Von der Stalltür bis zum Misthaufen führte ein breiter hölzerner Steg, der ermöglichte, den Mist aus dem Stall mit einer Schubkarre auf den Haufen zu befördern. Dort, wo das Gelände wieder eben wurde, sammelte sich die Gülle aus dem Haufen in einem kleinen Graben. Der führte an der Scheune, die sich rechtwinklig ans Haus schmiegte, vorbei. Die beiden Besucher konnten nur ahnen, dass das Abwasser in einem Bach landete. Ein paar Gänse schnatterten im Obstgarten, der unterhalb der Scheune begann.

Herzl schnüffelte.

»Gesunde Landluft!«, sagte er und verzog das Gesicht.

Das Ganze war im wahrsten Sinne des Wortes nicht nach seinem Geschmack. Er drehte sich Richtung Haus.

»Ob der noch Kühe hat?« Als Antwort muhte ein Rindvieh im Stall.

Schatz grinste und winkte Herzl zu sich. »Der ist da, ich

habe ihn hinter der Gardine gesehen. Und das Fahrrad lehnt ja auch am Schuppen.«

Schatz hielt auf die windschiefe Haustüre zu. »Herr Troppmann! Kriminalpolizei. Wir brauchen dringend Ihre Mithilfe.«

»Ich wünschte, wir hätten ihn heute Morgen auf der Wache eingefangen! Dann hätten wir uns das hier ersparen können«, zischte Herzl halblaut.

Die Tür öffnete sich quietschend. Das dürre Männchen stand vor ihnen, ohne Hut und Brille.

»Kriminaler? So! Und wos is enga Problem?«

»Sie haben sicher von dem Mord an dem Herrn Grüninger gehört. Und da dachten wir, vielleicht haben Sie an dem Abend eine Beobachtung gemacht, die uns weiterhelfen könnte.«

Schatz war in der Lage die Landessprache zumindest ansatzweise verstehen zu können. Herzl hingegen versuchte, so viele Informationen wie möglich zu speichern, auch wenn er kaum die Hälfte dessen verstehen konnte, was um ihn herum so gesprochen wurde.

»Hams denkt, ja?« Der Alte kratzte sich am kahlen Kopf, der nur noch von wenigen grauen Haarsträhnen umkränzt wurde.

Schatz wartete ab. Doch sein Gegenüber machte es ihm nicht leicht. Er würde sich jegliche Information nur mühsam aus der Nase ziehen lassen.

»Uns wurde berichtet, dass Sie in der Vergangenheit viele wertvolle Hinweise für die Polizei hatten. Da wäre es natürlich ein Glücksfall, wenn Sie uns auch hier weiterhelfen könnten.«

»Weil i de bigotte Bagasch so gern hob – oder wos?«

»Äh?«

»De kina me doch alle kreizweis. Sunst hoißns me an Querulantn und eiz sollt e eng hölfa!«

Der Herr Troppmann, Berthold bekam offensichtlich mehr mit, als die Kollegen in der Dienststelle dachten!

»Es geht immerhin um einen Mord. Wollen Sie nicht auch, dass der aufgeklärt wird? Wer weiß, ob der Mörder es nicht auf alte Herren abgesehen hat«, lockte Schatz mit Honig in der Stimme.

»Oan wei mi, moanads. Jeda woaß, dass bei mir nix zu holn gibt. Und wenn mi oana osticht – na, dann is hold vorbei.«

Der Alte verschränkte die Arme vor der mageren Brust und fixierte seine Besucher mit stechendem Blick aus einem Gesicht mit undefinierbarem drei-bis-sieben-Tage-Bart.

»Gibt's a Belohnung?«

»Das kann ich so nicht sagen. Auf jeden Fall aber die Ehre, etwas zur Lösung eines Mordfalles beigetragen zu haben.« Schatz zweifelte, ob dieses Argument für den Herrn Trapper eine Rolle spielte.

Der schien zu überlegen. »Es holds mi doch alle fia an Deppn.«

»Oh nein, wenn wir das tun würden, wären wir nicht da. Wir beide kommen von außerhalb. Unter uns gesagt: Die in der Dienststelle sind wirklich nicht die Hellsten. Aber mit denen haben Sie jetzt ja auch nichts zu tun. Im Gegenteil, die können Sie jetzt mal so richtig vorführen.« Schatz hatte das Gefühl, dass der Alte einzuknicken begann.

Herzl, der hinter dem Mann, der aus der Tür heraus auf

das Steinpflaster getreten war, stand und seinem Kollegen direkt ins Gesicht schaute, grinste von einem Ohr zum anderen.

»Kemans eina!«

Weder Schatz noch Herzl waren scharf darauf, das Haus des seltsamen Alten zu betreten. Er marschierte voran in den ersten Raum, der vom steinernen, unebenen Fläz aus zu erreichen war. Die Türstöcke waren niedrig und beide mussten sich bücken, als sie eintraten. Herzl, der größere der beiden, hatte das Gefühl, dass seine Haare an die Zimmerdecke stießen und er zog den Kopf ein. Der Raum erstreckte sich über die ganze Breite des Hauses. An der Breitseite gab es zwei kleine Fenster, an der vorderen und hinteren Längsseite jeweils eines. Ein uralter, aus dicken Eichenbrettern gezimmerter Tisch mit einer ebensolchen Eckbank und zwei Stühlen davor, stand in der vorderen Ecke. An der hinteren Wand befand sich ein breites Buffet. An der Innenwand, die über und über mit einer schwarzen, rußigen Schicht bedeckt war, gab es einen vorsintflutlichen Holzherd. Rund um den Herd lag Feuerholz. Das Linoleum, mit dem der Boden belegt war, hatte seine einstmals grüne Farbe verloren. Teilweise abgeschabt und mit einer dicken Dreckkruste versehen, wellte es sich unter den Möbeln. Auf dem Herd blubberte ein großer, an vielen Stellen abgeschlagener Kochtopf vor sich hin. Unter dem nicht ganz geschlossenen Deckel erkannte Herzl Kartoffeln. Eine graue Katze lag auf einem der breiten hölzernen Fensterbretter und öffnete müde ein Auge, als die Männer hereinkamen. Über dem ganzen Raum hing der Geruch von Angebranntem, gekochten Kartoffeln – vielen gekochten

Kartoffeln – und einem Aroma von undefinierbaren Wohngerüchen.

»Sitzt's eich hi!«, befahl der Trapper.

Sie folgten seiner Aufforderung und setzten sich auf die beiden Stühle. Er öffnete eine der Schubladen im Buffet und zog ein kleines, dickes Buch heraus. Dann kam er an den Tisch, setzte sich auf die schmale Seite der Bank und blätterte darin herum.

»Do! Fünf noch elfe. Wildbiesler neman Wirtshaus. Dürrer, großer Mann, vielleicht Mitte zwanzg. Lange Hoor, die fast bis an'd Mittn gengant, zambundn.«

»Jemand aus dem Dorf?«

»Hob i ned kennt. Er hod mi gseng und hod an Schwanz eizong. Dann is ea weggrennt.«

»Und wohin hat er ... äh ... gebieselt?«

»Konn eana zoang. Genau do hi, wo de Mauer den Grund vom Wirt Alois und vom Grüninger Kurt trennt.«

Herzl hatte nach bestem Wissen und Gewissen mitnotiert.

»Würden Sie mit uns mitfahren und uns die Stelle zeigen? Wir würden Sie auch gerne mitnehmen, um ein Phantombild von dem Mann zeichnen zu lassen. Denken Sie, das geht?«

»Worum nacha sollsn ned gei? Glei hold dann.«

»Das wäre uns am liebsten!«

Der Alte zog den Topf vom Herd und sich selber die Jacke an, die er bereits zuvor in der Wache getragen hatte. Mit einem riesigen, eisernen Schlüssel sperrte er das ebenfalls eiserne Schloss an der vorsintflutlichen Holzhaustüre zu.

Es hatte seit dem Mord nicht geregnet. Die Wildbieslerstelle befand sich am Ausgang des Tatort-Hauses. Schatz hatte Herzl dort abgesetzt und den Trapper zur Wache gebracht, um ihn Häupl anzuvertrauen, der ihn zum Phantombild-Spezialisten nach Regensburg bringen sollte.

Der vom Trapper so schmählich vertriebene junge Mann hatte an die Mauerseite des Hofes gepinkelt. Dort machte sich jetzt Herzl zu schaffen, um vielleicht noch irgendwelche DNA-Spuren sichern zu können. Die Frau Grüninger Junior, Adele mit Namen, beobachtete ihn.

»An dera Stöll wird ständig hibieselt.«

»Hier?«

»Na, ned direkt em Hof, eher außerhalb.«

»Also könnte es schon sein, dass diese Stelle nur von einem benutzt wurde.«

»Vo dem und vielleicht no vo a poor Hund«

»Hund?«

»Na, Hunde halt. Do kemat alle Dams lang Hund' vorbei, de do markiern.«

Herzl seufzte. Trotzdem trug er ein wenig von der Erde rund um das Mauerstück ab. Dabei fand er eine Zigarettenkippe. Ein wertvoller Fund, auch wenn die auch jedem gehören konnte. Zumindest rauchten Hunde nicht.

»Sagen Sie, Frau Grüninger. Das Messer, das ... Sie wissen schon. Gehört das in Ihren Haushalt?«

»I hob mir des Messer ned so genau ogschaut. Owa wenn ma schlachtn, dann brauch ma guade Messer. De san do heraustat em Nemraum vom Stoll.«

Sie riss sich los von ihrem Standort an der Scheunenmauer, an der sie gelehnt hatte, und ging voraus, hinüber in das Stallgebäude. Da die Türen offenstanden, sah Herzl in eine vollständig geflieste Kammer, in der ein großer Milchtank stand. Sie nahm die nächste Tür.

»Do, schaun's her. Do haun mia des Fleisch auseinander, wenn gschlacht worn is. Und do san de Messer.«

Herzl sah auf den ersten Blick, dass die Tatwaffe eines der größeren Messer in dem Sortiment sein musste. Interessanterweise lag auch noch eine Axt in der breiten Schublade, in der die Messer aufbewahrt wurden. Er fragte sich, warum der Täter nicht die Axt genommen hatte, die bei so einem Vorhaben sicher besser in der Hand lag.

»Und fehlt eins?«

»Ja, des zwoate vo om. Also praktisch des zwoatlängste.«

Da entgegen der Verarsche von Polizeihauptkommissar Rödel keinerlei Fingerabdrücke auf dem Messer zu finden gewesen waren, wie sie heute Morgen bereits erfahren hatten, machte es auch keinen Sinn, die Spurensicherung noch einmal hierher kommen zu lassen. Er nahm an, dass der Täter sicher auch hier Handschuhe getragen hatte. Trotzdem ärgerte sich Herzl darüber, dass sie nicht gleich daran gedacht hatten, nach dem Ursprung des Messers zu fragen.

»Und, kreing ma des Messer wieda? De san teia.«

Herzl fixierte die große, kräftige Frau unanständig lange und fragte sich, ob sie wirklich vorhatte, das Messer noch einmal zu benutzen, das im toten Großvater gesteckt hatte.

»Eher nicht. Tut mir leid«, sagte er schließlich.

Robert Schatz hatte den Trapper inzwischen beim augenrollenden Häupl in der Wache abgeladen, in der Hoffnung, dass ein brauchbares Phantombild aus der Aussage des Alten herauszuquetschen wäre.

Dann wollte er noch bei der Grüninger-Hausbank vorbeischauen.

Der Filialleiter war durchaus zur Mitarbeit bereit. Er sagte nur einmal fürs Protokoll, dass er das eigentlich gar nicht dürfe, aber dann gestaltete sich das Gespräch relativ ergiebig.

Sowohl der Wirt Grüninger, als auch der Hofbesitzer Grüninger waren hoch verschuldet. Tatsächlich besaß Vater Grüninger kein Vermögen. Der Banker vermutete, dass der in der Vergangenheit immer wieder Geld in die Geschäfte der Söhne gesteckt hatte. Kleinvieh, das sich schnell verklaubte. Und er bestätigte die Abhebungen, von denen Schatz ja bereits wusste. Die Angestellte, die die Summen jeweils ausbezahlt hatte, bekräftigte, dass es sich beim Kunden um Herrn Grüninger, Kurt, Senior, persönlich gehandelt hatte.

Nachdenklich verließ Schatz die Bank. Was sollte er nun mit dieser Information anfangen, außer, dass die Lebensversicherung nun doch ein Motiv sein konnte?

Außerdem brachten ihn seine Innereien fast um. Gegenüber fiel eine Apotheke in seinen Blick. Er besorgte sich ein Mittel gegen Verdauungsbeschwerden und nahm es gleich an Ort und Stelle ein.

Dann fuhr er zurück nach Damling, um seinen Kollegen, der im Wirtshaus ein frühes Mittagessen einnahm, zu informieren und sich seinen Bericht anzuhören. Der Umfang des Puzzles wuchs, aber ein Bild ergab sich daraus noch nicht.

Appetit hatte er jedenfalls keinen.

# Kapitel 5

»Häupl, wissen Sie, wo dieser ... also, dieses Delikt, an der Frau Holzhauer, damals passiert ist?«

Herzl hatte die Pinnwand aktualisiert und dem Phantombild vom großen Unbekannten einen exponierten Platz in der Mitte eingeräumt. Es war gerade per Mail aus Regensburg gekommen. Der Spezialist hatte es sofort losgeschickt, als er mit Trappers Beobachtungen fertig war.

»Klar, weiß doch jeder hier.«

Häupl war mit dem zerfledderten Gemeindeakt über den damaligen Vorfall beschäftigt und hatte die Unterlagen auf seinem Schreibtisch ausgebreitet.

»Ach, ist das so?«

Schatz, der seinerseits die Notizen Häupls studierte, der am Vormittag auch nicht untätig geblieben war, hob den Kopf. Er hatte sich diesmal an den zweiten Schreibtisch gesetzt und Herzl den Platz am Katzentisch, respektive seitlich der beiden Tische, übrig gelassen.

»Und wieso sind Sie eigentlich da und nicht mit dem Trapper noch auf der Straße?«

»Ich habe es delegiert.« Häupl setzte eine wichtige Miene auf.

»Gut, der Mann.« Schatz grinste. »Selbstbewusstsein kann Ihnen nur zuträglich sein.«

»Hat eher was mit Selbstschutz zu tun. Der Trapper quatscht einen tot, wenn der mal in Fahrt ist. Außerdem sitze ich nicht so gern in einem Wagen mit ihm.«

Häupl ließ offen, aus welchem Grund, aber Schatz, der den Trapper am Morgen zur Wache kutschiert hatte, verzog wissend das Gesicht.

»Wie haben Sie es geschafft, diese Informationen so schnell zu bekommen?« Schatz deutete auf die Notizen Häupls, die er eben überflogen hatte.

»Buschtrommeln. Ich kenne den Diakon, der die geistliche Begleitung im Gefängnis macht, in dem der Holzhauer einsaß. Fünfundvierzig Jahre lang. Also, gemacht hat. Der ist seit einigen Jahren in Pension. Das heißt, der kannte den Holzhauer noch. Ich habe ihn angerufen und er hat mir Auskunft gegeben.«

»Was denn nun?« Herzl, der die roten Papierlinien, mit denen er fein säuberlich die Zusammenhänge aufgezeigt hat, studierte, drehte sich nun um. »Keine Geheimnisse, Männer.«

»Nach Aussage dieses Diakons wollte Holzhauer nach seiner Entlassung nach Amerika auswandern. Fraglich, ob sie ihn genommen haben.«

»Vielleicht nicht in den Staaten, aber in Südamerika durchaus schon. Ich bleibe da mal dran. Ausbürgerung, Einbürgerung – ein paar Möglichkeiten habe ich schon noch.«

Häupl war ein angenehmer Mitarbeiter, wie Schatz zum wiederholten Male dachte. Er gab konstruktiven Input und machte sich auch gleich selbst an die Arbeit. Und er schien sich mit dem PC auszukennen, was weder ihm noch Herzl wirklich lag.

»Sagen Sie mal, macht man das in München noch so? Mit Pinnwand und selbstgemalten Zetteln?«

Häupl machte nicht den Anschein, als würde er sich über Herzls antiquierte Arbeit lustig machen. Vielmehr wirkte er wirklich erstaunt.

»Sehen Sie hier eine Alternative?« Herzl sah sein Werk angegriffen und sah das Greenhorn giftig an.

»Nein! Keine! Natürlich!« Der Schliff der Polizeiakademie blitzte angesichts Herzls Verärgerung in Häupls Antwort kurz auf.

Schatz hatte den Disput kaum zur Kenntnis genommen, weil er sich nach wie vor mit Häupls Ergebnissen beschäftigte.

»Und diese Angaben von der verstorbenen Frau Renate Holzhauer? Woher haben Sie die?«

»Zeitungsarchiv, Todesanzeigen. So viele Zeitungen gibt's hier bei uns nicht. Ich habe einfach die beiden Lokalblätter angerufen, die decken den ganzen Bereich bis hin nach Landshut und Regensburg ab, also ganz Niederbayern und die Oberpfalz. Zuerst wollten die nicht. Kein Personal für so was. Aber dann habe ich Dampf gemacht und innerhalb von einer Stunde lag die gewünschte Info vor. Die Anzeigen waren damals nur klein und schnörkellos. Oftmals haben die Leute gar keine aufgegeben, denn das war teuer. Von daher schon eine außergewöhnliche Sache, dass es für die Frau Holzhauer überhaupt eine Todesanzeige gab. Dann bin ich über das Einwohnermeldeamt weitergegangen. Übrigens: Die Todesanzeige aufgegeben hat damals eine gewisse Rita Weiß. Ich hab da auch gleich mal nachgesehen und herausgefunden, dass sie in etwa dem gleichen Alter war, wie die Renate Holzhauer. Sie stand auch auf der Liste der Vertriebenen, die damals nach dem

Krieg hier ankamen. Also eine Freundin oder Bekannte vermutlich. Jedenfalls keine Tochter.«

»Woher haben Sie diese Liste?« Schatz horchte auf.

»Aus dem Akt von der Gemeinde. Den Ordner, den Sie gebracht haben. Da war die Liste drin, auf der standen die Holzhauers und die Weiß. Die kamen für kurze Zeit ins gleiche Notaufnahmelager damals.«

Schatz nickte beflissen, bemüht, seinen Ärger über sich selber nicht nach außen zu tragen. Diese Liste hätte er selber auch entdecken können! Schlampige Ermittlung. Aus irgendeinem Grund machten sie hier fahrlässige Fehler, die ihnen zu Hause nie passiert wären. Er überspielte die Situation.

»Na gut. Wieder ein paar Puzzlesteine. Renate Holzhauer, 1999 verstorben, hatte offensichtlich keine Nachkommen und war auch nicht verheiratet. Hedwig Holzhauer, verstorben 2013, auch keine Nachkommen. Hermann Holzhauer verschollen. Ich weiß nicht so recht, ob wir da noch fündig werden. Aber trotzdem würde ich sagen, wir bleiben mal dran. Vielleicht spielt noch jemand mit in der damaligen Affäre.«

»Ach ja, Chef. Ich habe noch bei Dr. Heiler angerufen und nachgefragt wegen der Krebsdiagnose vom Opfer. Der wusste nichts darüber. Nachdem gerade Quartalswechsel war, habe ich bei der Krankenkasse nachgefragt, ob ein anderer Arzt abgerechnet worden ist. Dort erfuhr ich, dass der Grüninger tatsächlich bei einem Spezialisten war und habe daraufhin dort angerufen. Frau Dr. Meierhofer-Lobensteiniger sagte, dass sie ihm die Diagnose vor vier Wochen mitgeteilt hat. Und auch, dass der Krebs so weit fortgeschritten war, dass es praktisch keine Rettung mehr gab. Sie hatte ihn zwar zu einer Behandlung überreden wollen und im Gespräch mit ihm die Situation etwas abgeschwächter dargestellt, aber er lehnte ab.«

»Meierhofer-Lobensteininger, ja?«

»Genau, Vorname Barbara-Maria.«

»Verrückt!«

»Rufen Sie mal dort an, wenn Sie was wirklich Verrücktes hören wollen!«

»Was?«

»Die melden sich mit: *Internistische Gemeinschaftspraxis Doktoren Lobensteininger, Meierhofer-Lobensteininger und Hannesschlag, mein Name ist Rosi, was kann ich für Sie tun*?«, ratterte Häupl herunter.

»Bis dahin ist der Patient tot.«

»Ex-akt.«

Herzl hatte das Geplänkel zwischen den beiden Kollegen verfolgt, während er wieder am Kritzeln war. Inzwischen bestand die Gefahr, dass die Pinnwand all die Zettel nicht mehr aufnehmen konnte.

»Wir sollten uns vielleicht doch ein anderes System angewöhnen«, monierte er zweifelnd über seine eigene Arbeit.

»Wir gewöhnen uns gar nichts an, sondern machen einen Waldspaziergang. Ich will die Stelle sehen, wo die Holzhauer zu Tode gekommen ist. Zuvor geben wir aber das Phantombild in die Fahndung. Ich habe so eine Ahnung, dass der Trapper ein ganz guter Beobachter ist.«

Schatz hielt sich die Seite, als er sich erhob. Ein wenig schien das Medikament geholfen zu haben, viel allerdings nicht.

»Hast du was?« Herzl war nicht entgangen, dass der Schmerz Schatz kurz ins Gesicht gefahren war.

»Ach, blöde Bauchschmerzen. Vielleicht das Essen, keine Ahnung.« Schatz winkte ab.

Er hasste es, über seinen Gesundheitszustand zu reden, während Herzl seine Umgebung zuweilen ganz gerne über vorhandene Befindlichkeitsstörungen auf dem Laufenden hielt.

Da das Thema durch war, brachen sie auf.

Diesmal war Häupl als Fremdenführer mit von der Partie. Sie stiefelten am Dorfrand hinunter in ein kleines Flusstal, dorthin, wo der Wald, der das Dorf dicht umstand, eine kleine Nase machte.

»Bäume, Bäume, Bäume! Seit wir hier sind, nur Wald und Bäume.« Herzl konnte der Natur nichts abgewinnen, aber schon wirklich gar nichts.

Um zu verhindern, dass der verkrachte Kollege wieder ins Lamentieren kam, ignorierte ihn Schatz wohlweislich. Außerdem hatte auch er Mühe, dem erprobten Waldläufer Häupl zu folgen, zumal ... nun, aus bekannten gesundheitlichen Gründen.

Der Uniformierte blieb nach einer relativ kurzen Strecke stehen und deutete auf ein schmiedeeisernes Wegkreuz. Es bestand aus einem niedrigen, granitenen Sockel, einem darin eingelassenen schmiedeeisernen Stab, der oben in ein schlichtes geschmiedetes Kreuz überging. Keine Schnörkel, kein Schmuck. Auf halber Höhe gab es ein längliches beschriftetes Medaillon von etwa zwanzig Zentimeter Durchmesser.

*Wanderer, bedenk des Todes Fänge hier,*
*doch bleib nicht stehen, geh drei Schritt weiter,*
*sonst krachts womöglich hinter dir*
*und du stehst auf der Himmelsleiter.*

»Was für ein Sinnspruch!« Schatz schüttelte den Kopf. »Fast ein Rätsel.«

»Da steht noch mehr.« Häupl bückte sich und drückte das Gestrüpp um den Granitsockel nieder.

»*Hier starb Else Holzhauer im Alter von fünfunddreißig Jahren*«, las er gleich selber vor.

»Wenn es keine Verwandten gab und die Kinder noch so jung waren, wer stellte dann das Wegkreuz hier auf?« Schatz war ein paar Schritte weitergegangen und spähte rundherum.

»Die Familie Rudlhofer. Da gibt's noch eine uralte Oma. Ich glaube, die ist schwer über Hundert. Die älteste Einwohnerin im ganzen Landkreis. Dem Vernehmen nach auch noch gut bei Verstand.«

»Sind die auch aus dem Dorf?«

Herzl hasste Wald, Kühe, Zuckerrübengespanne und alte Menschen. Letztere nicht grundsätzlich, aber hier wurden es einfach zu viele. Er seufzte vernehmlich.

»Ja, das sind die Friseure hier seit Generationen. Auch damals war das schon ein Friseurladen. Weiß ich, weil die gerade hundertstes Jubiläum hatten. Das Haus kann man von hier aus sogar sehen.«

»Häupl, ich muss schon sagen, Sie sind eine große Hilfe. Aber jetzt mal logisch nachgedacht. Schaut euch mal hier um. Was kann man hier wildern? Selbst wenn wir voraussetzen, dass der Wald damals ein wenig anders ausgesehen hat, dann sind wir aber immer noch am Waldrand. Kein Wilderer schießt am Waldrand. Jetzt wäre es wirklich interessant, mal ein altes Bild zu sehen. Vielleicht ging der Wald ja weiter raus.«

»Bilder gibt es. Im Gemeindearchiv liegen die, glaube ich. Da hat vor zwei oder drei Jahren mal jemand eine Gemeindechronik geschrieben, also so ein Buch halt, und da sind eine Menge Luftaufnahmen aus den frühen 50er-Jahren drin. Vielleicht ist da was dabei.«

»Können Sie gleich tätig werden, Häupl, anschließend. Aber ich wundere mich, dass sich damals keiner Gedanken darüber gemacht hat.«

Schatz kam zurück und stakste im Storchenschritt durch den naturbelassenen Wald. »Gibt's hier eigentlich keine Hege und Pflege? Bleiben die Äste und Bäume hier einfach liegen?«

Herzl musste einhaken: »Wenn ich mich beschwere, bin ich kindisch.«

»Du lamentierst ja auch dauernd herum.«

Häupl schenkte sich eine Antwort und folgte seinen sonderbaren Chefs hinaus auf den Waldsaum.

Sie blieben eine Weile in der Idylle stehen. Neben ihnen plätscherte der kleine, glasklare Bach, ein laues Lüftchen bewegte die Birkenblätter, die schon die Herbstfärbung trugen und mit jedem Lufthauch lockerer an ihren Ästen hingen. Quer über gemähte Wiesen und abgeerntete Felder blickte man in der Ferne auf die Ausläufer einer Siedlung, die noch zu Damling gehörte. Es war absolut kein Verkehrslärm zu hören, genaugenommen auch keine Straße zu sehen. Umso markerschütternder wirkte Herzls Schrei in der Natur.

»Scheiße!! Eine Schlange!«

Er sprang mit einem Riesensatz zur Seite und landete mit einem Fuß im Bach, der sich sogleich eintrübte vom aufgewirbelten Untergrund. Dabei hatte er noch Glück, dass er das Gleichgewicht behalten konnte, und sich nicht komplett im Wasser versenkte.

Die anderen beiden fuhren zusammen und sahen sich nach dem Übeltäter um: Eine etwa zwanzig Zentimeter lange Blindschleiche vertraute wenige Schritte vor ihnen auf ihre Tarnung und stellte sich tot. Häupl nahm das Tier und beförderte es tiefer in den Wald hinein, was Herzl eine meterdicke Gänsehaut über den Rücken trieb.

Die anderen beiden lachten.

Häupl, weils komisch war und Schatz, weil er Schlangen nicht ausstehen konnte und froh darüber war, dass sie es auf Herzl abgesehen hatte. Davon ahnte der ängstliche Kollege allerdings nichts.

»Ich hab nur eine Hose zum Umziehen dabei. Hoffentlich bekomme ich das sauber.« Jetzt war Herzl wieder ganz der ewig jammernde Pennäler. »Und Schuhe habe ich überhaupt nur ein Paar dabei!«

»Gibs halt der Wirtin. Die wäscht sie schon für dich. Und wir laden dich im Wirtshaus ab, dann kannst du den Schuh fönen.«

Schatz wirkte ungeduldig und Häupl hütete sich, auch noch Hausfrauenarbeit für die beiden zu übernehmen.

Dafür schlug er ihnen vor, die alte Frau Rudlhofer zu übernehmen. Schon zwecks der mangelnden Sprachkenntnisse der Stadtpflanzen. Schatz willigte sofort ein und für Herzl war die alte Dame ohnehin mindestens fünfzig Jahre zu alt. Sie kamen darin überein, dass sich Herzl, sobald er sich umgezogen und seinen Schuh trocken gelegt hatte, um die Luftaufnahmen kümmern sollte, was ihm angesichts der drallen Aussichten im Gemeindesekretariat durchaus eher zupass kam, und die anderen beiden sich zu Fuß auf zum Friseurladen machen sollten.

Die Enkelin Rudlhofer, eine Frau mittleren Alters, reagierte skeptisch. Sie war überhaupt die erste hier, die sich eher spröde zeigte beim Anblick der Ermittlungsbeamten. Letztendlich ließ sie sich aber von Häupl dazu überreden, sie zu ihrer Großmutter zu lassen.

Die saß im Wohnzimmer in einem Rollstuhl, dem großen Panoramafenster zugewandt, das zufällig in die Richtung zeigte, in der sie gerade noch unterwegs gewesen waren.

Häupl stellte Schatz und sich selber vor. Die Greisin hob den Kopf und sah sie mit wässrigen, unglaublich hellen blauen Augen an und Schatz zweifelte stark, ob das hier zu etwas führen könnte.

»So, de Kriminaler san also eiz do. Zeit is worn. Seit iwa sechzg Johr woat i, dasds ihr kemmts. Eiz hob i alle meine Kinda iwalebt. Und vielleicht kon i dann endlich sterm, wenn es endlich a mol gsagt hob.« Das war ein langer Monolog für die zierliche alte Dame, die kaum die Hälfte ihres Stuhles benötigte, aber durchaus noch nicht gänzlich hinfällig wirkte.

»Warum hast du denn nicht damals schon gesagt, was du wusstest, Leni?«

Häupl hatte sich auf einen Stuhl seitlich vor die Greisin gesetzt und sprach mit unaufgeregter Stimme.

Schatz hielt sich wohlweislich im Hintergrund.

»Hod koana gfragt. Der Grüninger hod an Wilderer daschossn und fertig. Mehr hod d'Leit ned interessiert.«

»Gibt's denn mehr zu wissen, Leni?« Häupl sah sie an, während er mit ihr sprach, und ließ ihr Zeit zum Antworten.

Schatz dachte zum wiederholten Male, dass der junge Kerl Talent hatte.

»Die Else war a hübsche. Und a Widen, so wei völl damals. Ihr Mo is dreiavierzge gfolln, de Deandln san sechsavierzg af'd Wölt kemma...«

»... sie war eine verwitwete Flüchtlingsfrau und es wusste niemand, dass die Kinder nicht von ihrem Mann waren. Aber dann kam ein Mann, der über ihr Vorleben Bescheid wusste, in das Dorf. Aus reinem Zufall. Und er drohte ihr, den erzkatholischen Dörflern alles zu verraten. Sie hatte nämlich ... nun ... sie hatte sich prostituiert und wurde dabei schwanger. Man muss, glaube ich, nicht darüber nachdenken, dass sie die Not dazu getrieben hat. Auf der Flucht, mit zwei Kindern, ohne Mann oder Verwandte. Sie hatten sich im Wald verabredet. Aber dann kam der Grüninger, der Polizist dazu und war der falschen Meinung, dass er hier zwei Wilderer gestellt hätte. Dann wurde geschossen. Die Leni sagte, egal, wer geschossen hat, die Else hats getroffen.«

Häupl hatte es beiden Kommissaren im Wirtshaus übersetzt, weil auch der sprachbegabtere Schatz der Geschichte der alten Frau Rudlhofer nicht gänzlich hatte folgen können.

»Aber ich hatte das Gefühl, dass da vielleicht noch etwas war. Die Frau Leni ist eingeschlafen, nachdem sie die lange Geschichte erzählt hatte und die Enkelin hat uns dann rausgeschmissen.«

»Woher wusste die Frau denn das alles? Und was meint sie mit ›egal, wer geschossen hat‹?«

Herzl hatte den Stapel mit den schwarz-weißen Landschaftsaufnahmen, vor sich abgelegt.

»Sie weiß das, weil dieser Mann, der das alles öffentlich machen wollte, ihr späterer Ehemann geworden ist. Der hat ihr alles erzählt und auch, dass er damals einen großen Fehler gemacht hat, als er die Else quasi erpressen wollte. Man muss sich das so vorstellen: Er war kriegsversehrt und hatte sich mühsam nach Hause ins Sudetenland durchgeschlagen. Kaum, dass er zu Hause war, mussten sie flüchten. Er und seine Eltern, die genauso mittellos waren. Sie gingen erst ganz zum Schluss, so dass sie noch mitbekommen haben, was die Else so alles getrieben hat in ihrer Not. Wer weiß, vielleicht stimmt das alles ja auch gar nicht. Vielleicht hatte sie nur einen Freund, von dem sie letztendlich schwanger wurde. Könnte auch sein, dass der Rudlhofer selbst der Vater der Zwillinge war und seiner späteren Frau nicht alles erzählt hat. Und dann kamen die hier an, ohne irgendetwas und haben gesehen, wie die Else im Wirtshaus kellnerte. Ich könnte mir vorstellen, dass er glaubte, ein wenig was von ihr rauspressen zu können, weil es so aussah, als hätte sie was. Und dort im Wald, da wollte sie ihm vielleicht klarmachen, dass da eben nichts zu holen war. Oder er wollte ihr klarmachen, dass er leugnen würde, von den Zwillingen was zu wissen, falls meine zweite Annahme richtig war. Und, wie gesagt, die Leni ist dann eingeschlafen und die Enkelin hat uns rausgeworfen.«

Häupl hatte clever kombiniert.

»Und wenn man bedenkt, dass sich dieser Grüninger damals zwei Leuten gegenüber sah, von denen einer das Gewehr auf ihn gehalten hat, dann kann man sich auch vorstellen, dass er die Nerven verloren hat. Sofern er der Schütze war, wie die Leni anzweifelt, wenn ich recht verstanden habe.«

Schatz drehte einen Bierdeckel in den Händen. Er dachte nach, bevor er weitersprach: »Ich kann mich nicht erinnern, in irgendeinem Protokoll gelesen zu haben, dass da insgesamt drei Leute im Wald waren. Es war immer nur vom Grüninger und der Holzhauer die Rede.«

»Vielleicht hat der Grüninger gedacht, dass es dann so ausschauen könnte, als hätte er den Falschen erwischt. Und darauf vertraut, dass der zweite sich nicht zu erkennen gibt. War ja sehr plausibel, die Geschichte mit dem Wilderer«, überlegte Häupl.

»Wäre möglich. Denn er musste ja annehmen, dass der zweite Wilderer, sofern es einer war, ganz sicher nicht für ihn, den Polizisten, ausgesagt hätte.«

»Was mich interessieren würde ist, ob man bei der toten Frau Holzhauer eigentlich Wildbret gefunden hat«, sinnierte Herzl, der der Unterhaltung zwischen Häupl und Schatz nachdenklich zugehört hatte.

»Falls ja, habe ich es überlesen. Oder warte: Ich glaube, von einem Kaninchen war die Rede«, antwortete Schatz, der damit unabsichtlich Häupl in die Parade fuhr, der ebenfalls zu einer Antwort angesetzt hatte.

»Wundert mich nicht, dass alle sagen, dass das eine seltsame Geschichte ist«, fasste Herzl zusammen.

Häupl beugte sich ein wenig nach vorne. »Was aber, wenn die ganze Geschichte mit der Wilderei nur ein Vorwand war und es um was ganz anderes ging?«

»Worum?« Schatz legte den Bierdeckel wieder hin und schob ihn von sich.

»Eifersucht vielleicht? Immerhin ist eine Frau im Spiel, die bei den Gästen im Wirtshaus durchaus gut angekommen ist, wie die Frau Rudlhofer mir auch noch erzählt hat.«

»Wenn nun der Herr Rudlhofer an der Else interessiert gewesen ist und seiner späteren Frau nur die Story vom Pferd erzählt hat, damit sie Ruhe gibt oder warum auch immer? Wir wissen ja nicht, welcher Art diese Erpressung war. Könnte doch sein, dass der Rudlhofer sie dahingehend erpresste, dass sie ihn heiraten soll, sie aber nicht wollte«, überlegte Häupl.

»Und warum sollte er das tun?«

»Weils damals viel mehr nicht mehr oder unverheiratete Frauen gab als Männer. Dem Rudlhofer hat sie gefallen und damals wurden die Frauen ja nicht unbedingt gefragt, ob es umgekehrt genauso ist.«

»Und wenn der Rudlhofer doch der Vater der Zwillinge war?«

»Ist alles möglich.«

Schatz zog den Stapel schwarz-weißer Fotografien zu sich heran. Er betrachtete ein paar der Bilder, dann schob er sie weiter zu Häupl.

»Sie kennen die Gegend besser als wir. Finden Sie das

Bild von dem Waldstück, in dem die Else getötet wurde?«

Häupl hatte zugegriffen und nach einigem Nachdenken eine Aufnahme näher in Augenschein genommen.

»Das da. Die drei Bauernhöfe gab es da schon, und ein paar einzelne Häuser, wie das vom Trapper. Und hier ist der Waldsaum, der sich an der Ostseite rund um das Dorf zieht.«

Schatz runzelte die Stirn. »Sieht beinahe so aus wie heute. Also befanden sie sich wirklich nah am Waldrand. Ich bleibe dabei. Da ist schlecht wildern.«

Herzl hatte wiederum nur zugehört und mischte sich nun ein. »Was mir an der ganzen blöden Geschichte nicht gefällt, ist, dass wir dabei sind, einen Fall zu lösen, der sich vor nicht ganz siebzig Jahren abgespielt hat und eigentlich schon gelöst war. Und dabei unseren aktuellen Fall ganz aus den Augen verlieren.«

Schatz erhob sich, packte die Bilder zusammen und steckte sie ein. »Richtig! Ich würde sagen, wir schauen mal, was die KTU inzwischen so getrieben hat. Eigentlich sollten wir jetzt langsam mal alle Ergebnisse haben.«

»Wenn nicht, dann wird's langsam eng. Was in drei Tagen nicht aufgeklärt ist, klärt sich nicht mehr.« Herzl zog die Stirn in Falten und stand auf. »Der blöde Schuh war nicht trocken zu kriegen. Gibt's hier so was wie einen Schuh-Discounter?«

Häupl war es langsam leid, Kindermädchen für die Herren Kriminaler aus der großen Stadt zu spielen, wie Rödel sie zu nennen pflegte, und antwortete genervt: »Klar, auch der gemeine Oberpfälzer trägt inzwischen schon Schuhe.«

Sowohl Schatz als auch Herzl warfen ihm einen verwunderten Blick zu wegen des ungewohnten Tons, aber auch Häupls Geduld hatte Grenzen.

Genervt setzte er sich gleich selber ans Steuer des Dienstwagens mit Münchner Autonummer, ließ kurze Zeit später den Parkplatz vor der Hauptwache links liegen und fuhr die Hauptstraße weiter bis zum anderen Ende der Stadt. Dort reihten sich alle großen Discounter aneinander, die es außerhalb des Urwalds auch gab.

»Also: Da, da und da. Welchen Schuhladen hätten wir denn gern?«

Häupl war immer noch in leicht angesäuerter Stimmung und kutschierte die Kollegen in Richtung des Fingerzeigs von Herzl, der seinen Lieblingsschuhladen erkannte. Immerhin war der ein schneller Käufer. Kaum eine Viertelstunde später saß er wieder auf dem Beifahrersitz, während die zwei anderen ihre Leberkässemmel verdrückten, die sie sich am ebenfalls in der Nähe positionierten Imbiss geholt hatten.

»Und mir habt ihr keine...«

»Im Handschuhfach.«

»Oh, danke!«

»Hammas jetzt endlich?« Häupl hatte seine Semmel verspeist und warf die zerknüllte Alufolie Herzl in den Schoß. Er startete den Wagen.

»Alles klar.«

Nachdem sie zur Hauptwache zurückgekommen waren, wurden sie von Rödel bereits erwartet. Wie sie von ihm erfuhren, hatte die Polizistin, die den Trapper Bert an der Backe gehabt hatte, ihn auch gleich nach Hause gefahren.

»Und vielen Dank auch, dass der sich jetzt so wichtig nimmt, dass er täglich hier aufkreuzt.«

Rödel konnte seinen Ärger auch nicht mit dem ihm eigenen Sarkasmus übertünchen.

»Nur, damit Sie Ihre Ruhe haben, verzichten wir nicht auf einen wichtigen Zeugen.« Schatz ließ sich nicht aus der Ruhe bringen. »Gibt es Neuigkeiten von der KTU?«

»Alle Berichte sind da. In *Ihrem* Büro.«

Da war er wieder, der sarkastische Rödel.

»Danke!«

Herzl überließ die Konferenz mit Rödel grundsätzlich Schatz und so saß er auf dem bevorzugten Stuhl bereits über den Berichten, als sein Kollege die Tür hinter sich schloss. Häupl hatte seinen inzwischen angestammten Platz am PC eingenommen.

»Kann man hier keinen Kaffee bekommen?«, lamentierte Schatz angesichts der Tatsache, dass Herzl den Schreibtischplatz ergattert hatte. Außerdem brauchte er etwas Warmes in den Magen, der ihm wieder arg zusetzte.

»Gibt einen Automaten im Aufenthaltsraum. Ein Euro pro Becher. Schmeckt aber gut.« Häupl starrte in den PC.

Schatz sah ihn an.

Häupl rührte sich nicht.

Herzl beobachtete beide mit heiterer Miene.

Dann stand Häupl endlich auf.

Schatz holte befriedigt seine Geldbörse heraus und fingerte nach einem Euro. Häupl drückte sich jedoch rasch an ihm vorbei, öffnete die Tür und sagte: »Ich zeig Ihnen, wo es ist.«

Herzl grinste hinter Häupls Rücken. Der junge Mann imponierte ihm. Der ließ sich die Butter nicht so leicht vom Brot nehmen.

»Bring mir einen mit, *Schatz*.« Dies war eindeutig eine Situation für die intimere Version des Namens seines Kollegen.

»Aber sicher, *mein Herz-l*.«

Häupl sah von einem zum anderen und lachte. »Ihr zwei seid echt komische Vögel.«

»Ja, deshalb sind wir auch hier, vermute ich.« Schatz zog einen Flunsch und die Tür zu und folgte dem Kollegen in den Keller.

# Kapitel 6

Sie dekorierten um. Herzl nahm alle Zettel von der Pinnwand herunter und breitete sie auf dem Schreibtisch aus.

Mittelpunkt war nach wie vor der große Unbekannte mit den langen Haaren.

Links davon gruppierten sie alle Informationen zum Holzhauer-Fall. Zwischen Unbekannten und Holzhauer kamen die letzten Adressen der Holzhauer-Nachfahren, soweit man sie hatte herausfinden können.

Ganz rechts hingen die Tatortfotos vom Grüninger-Mord. Zwischen Phantombild und den Fotos waren die spärlichen Informationen, die vielleicht für ein Motiv aus der Familie sprechen konnten, zusammengestellt.

Schatz saß zurückgelehnt und mit weit von sich gestreckten Beinen auf dem seitlichen Stuhl – eine Haltung, die seinem lädierten Bauch gut tat – und taxierte das Gesamtbild.

Er fasste die Lage zusammen: »Da ist mal die Lebensversicherung. Inzwischen wissen wir, dass beide Söhne hoch verschuldet sind. Das kann schon mal ein Motiv sein. Eventuell in Zusammenhang mit der schweren Krebserkrankung Grüningers. Vielleicht dachten die, ersparen wir dem Alten mal die Schmerzen.«

»Das Phantom könnte ein gekaufter Killer sein«, sagte Herzl.

»Oder gar nicht dazugehören«, gab Häupl zu bedenken.

»Auch möglich.« Schatz rieb sich den nicht vorhandenen

Bart. »Dann haben wir immer noch einen Nachfahren der Holzhauer Else, von dem wir nicht wissen, ob es ihn noch gibt. Oder ob er Abkömmlinge hat. Späte Rache über den Mord an der Mutter, der letztlich dazu geführt hat, dass das eigene Leben den Bach runter ging, wäre auch ein Motiv.«

»Aber ich zweifle, dass Holzhauer selber noch die Kraft dazu hätte, so einen Stoß auszuführen, wie der Gerichtsmediziner ihn sieht.«

Häupl machte ein skeptisches Gesicht. Er hatte den Kopf in die Hände gestützt und studierte, genauso wie die beiden anderen, die Fakten.

»Also ein Nachfahre oder ein gekaufter Killer. Wären wir wieder beim Phantom.«

Schatz riss sich los von der Pinnwand und wandte sich zu Häupl um. »Wie schätzen Sie die Beobachtungsgabe vom Trapper ein?«

»Sehr gut. Was immer er uns auch bringt, es hat sich so abgespielt, wie er sagt. Wir wollen natürlich nicht jeden Falschparker anzeigen oder jedes winzige Fehlverhalten aufbauschen. Aber in der Sache hatte er noch immer genauestens Recht. Wenn er sagt, dass er diesen Typen noch nie hier gesehen hat, dann ist das so. Und wenn er ihn so beschrieben hat, dann sah der auch so aus. Und wenn einer genau weiß, wo der wildgebieselt hat, dann der Trapper.«

»Dann müssen wir mal im Wirtshaus herumfragen, ob jemand unser Phantom beim Erntedankfest gesehen hat«, nickte Schatz.

»Gut, also zu den Berichten...«

Herzl hatte sich gerade an den Schreibtisch gesetzt und wollte sich noch einmal die Ergebnisse der Spurensicherung und des Gerichtsmediziners vornehmen, als die junge Polizistin hereinschaute, die sich zuvor mit Trapper beschäftigt hatte.

»Der Gerichtsmediziner hat noch ein Fax geschickt. Neueste Ergebnisse. Und vielen Dank Häupl für die überaus wichtige Erfahrung mit dem Herrn Troppmann!«

Sie hatte kurzgeschnittene dunkle Haare und einen eher maskulinen Körperbau. Vollkommen unpassend für Herzls Beuteschema, wie Schatz amüsiert dachte, als er beobachtete, dass Herzl nicht einmal in die Richtung der jungen Frau blickte. Dafür grinste Häupl in ihre Richtung.

»Den Letzten beißen die Hunde, Tina!«

Sie zog die Tür eine Spur zu heftig zu.

Schatz vertiefte sich in die Zettel.

»Oh Mann!« Er blätterte auf die zweite Seite. »Oh, Mann! Das ist ja ein Ding!«

»Was?«

»Wieso?«

»Grüninger war vollgepumpt mit einem Beruhigungsmittel, Midazolam. So was wird benutzt, wenn man zum Beispiel eine Magenspiegelung oder eine Darmspiegelung machen lässt, schreibt der Doktor. Im Bericht steht, dass ihm das Mittel gespritzt wurde. Es war genug, dass er davon praktisch high wurde, aber offensichtlich trotzdem noch nicht ganz weggetreten war. Es waren keine weiteren Blessuren am Körper zu finden.«

»Also hat er sich nicht gewehrt, als ihm jemand die Spritze gegeben hat?«

Herzl stand auf und stellte sich hinter Schatz, um selber einen Blick auf den Bericht zu werfen.

»Keine Anzeichen dafür.«

Häupl lehnte sich zurück und streckte beide Beine von sich. »Kann es sein, dass sich jemand freiwillig ein Messer in den Rücken rammen lässt?«

»Wenn er high genug ist, vielleicht schon.«

»Eine Art bestellter Selbstmord?«

»Warum dann auf so eine bestialische Art und Weise? Warum dann nicht erschießen?«

»Weils laut ist?«

»Oder vergiften?«

»Weil es eindeutig nach Mord aussehen sollte und nicht nach einem möglichen Selbstmord.«

»Warum dann aber dieses Beruhigungsmittel? Muss doch auch dem Grüninger klar gewesen sein, dass man das herausfindet.«

»Vielleicht ein Versuch, mit der Krebserkrankung leichter zurechtzukommen. Weil er Angst vor den kommenden Schmerzen hatte. Und irgendjemand hat ihm das Zeug vertickt. Dann kam ihm der Einfall, etwas mehr davon zu nehmen, um diesen Quasi-Selbstmord, also Quasi-Mord, durchzuführen.«

»Gestorben ist er aber schon am Messerstich? Nicht an der Droge?«

»Ja, eindeutig.«

»Wieso sollte es nach Mord aussehen?«

»Weil der alte Grüninger zuerst einmal möglichst schmerzlos sterben wollte. Es sollte aber nach Mord aussehen, damit die Lebensversicherung ausbezahlt würde.«

»Dann hätte ein normaler Tod ja auch gereicht.«

»Aber kein Selbstmord. Und er wollte die Krebserkrankung ja umgehen. Er wollte nicht dahinvegetieren.«

»Plausibel.«

»Ja, plausibel.«

»Genau, sag ich doch.«

Sie verfielen in dumpfes Brüten. Bis Herzl die Stille brach.

»Also war das Phantom ein gekaufter quasi-Selbstmörder.«

»Hm.«

»Würde ich sagen.«

Häupl sah Schatz an. »Damit wäre aber Ihre Lieblingstheorie von der Holzhauer-Rache vom Tisch.«

»Ich habe keine Lieblingstheorie.«

»Dann nicht.«

Herzl schmunzelte, weil es auch für ihn auf der Hand lag, dass Schatz die Idee mit der späten Rache bevorzugt hätte.

»Wir müssen jetzt also herausfinden, woher der Grüninger das Mittel hatte. Das kann man nicht einfach so kaufen. Da müssen wir der Familie mal auf die Eisen steigen. Und dann geht es nach wie vor um das Phantom. Irgendwie muss der Grüninger ja mit dem in Verbindung geraten sein.«

Schatz nickte. »Samthandschuhe sind jetzt nicht mehr. Jeder in der Familie könnte da mit drinstecken. Es kann Grüningers eigene Idee gewesen sein, muss aber nicht.«

»Es gibt hier eine Drogenszene«, mischte sich nun Häupl wieder ein, der gerade noch eifrig die Tastatur bearbeitet hatte.

»Wo?«

»An der Grenze. Und kurz drüber. Man bekommt auf

den Vietnamesenmärkten alles, was das Herz begehrt. Und auf dieser Seite der Grenze ist das MauMau ein beliebter Umschlagplatz. Die lassen sich nur sehr ungern erwischen. Aber Kontakte kann man dort schon knüpfen.«

»Ein alter Mann? Reagieren die auf so jemanden?«

»Eher als auf so mittelalterliche Typen wie Sie beide. Und die sind nicht blöd. Die kennen uns alle. Da müsste schon jemand von der Drogenfahndung her, von außerhalb.«

»Oder zwei Kriminaler aus München? Auch wenn wir die mittelalterlichen Typen sind.«

Schatz war verstimmt, weil das Greenhorn sie als ›mittelalterlich‹ bezeichnet hatte.

»Oder zwei Kriminaler aus München!« Häupl grinste von einem Ohr zum anderen. Dann wurde er wieder ernst.

»Aber genaugenommen suchen wir ja keine klassischen Drogen. Es geht ja um Narkotika. Also was Medizinisches. Da wäre ein Krankenhaus oder ein Arzt eher der passende Ansprechpartner. Vielleicht noch eine Apotheke.«

Schatz rieb sich die Seite.

Herzl nickte ansatzweise. »Ja gut, jetzt hätte er das Medikament, aber wo findet sich dann jemand, der bereit ist, so einen Mord zu begehen? Und macht der das für zehntausend Euro? Ich bin mir sicher, dass die Summe dafür war. Und das würde dann auch dafür sprechen, dass der alte Grüninger das selbstständig geplant hat. Er hat das Geld abgehoben und der alten Frau Grüninger glaube ich das, dass die keine Ahnung davon hatte.«

»Und die Söhne?«

»Sie waren schon entsetzt darüber, dass da nichts zu holen war. Vielleicht haben sie den Alten um die Ecke gebracht, weil sie der irrigen Ansicht waren, da gäbs was. Und dann haben sie sich im Wirtshaus vor Enttäuschung besoffen.«

»Und wofür waren dann die zehntausend vom Alten?«

»Für ein lediges Kind? Für eine Geliebte, die er noch schnell erfreuen wollte?«

»Hm.«

Während sich Herzl und Schatz die Bälle zuspielten, hatte Häupl im Internet recherchiert.

»Hören Sie mal her: Midazolam wird unter dem Namen Dormicum vertrieben und ist verschreibungspflichtig. Ich glaube, da müssen wir gar nicht zu den Vietnamesen.«

»Was meinen Sie?«

Häupl hob die Hand, um zu signalisieren, dass die werten Kollegen den Mund halten sollten. Er hatte bereits eine Nummer gewählt und das Telefon auf laut gestellt.

»*Internistische Gemeinschaftspraxis Doktoren Lobensteininger, Meierhofer-Lobensteininger und Hannesschlag, mein Name ist Irene, was kann ich für Sie tun*?«, meldete sich eine sehr junge Stimme.

»Hier Oberwachtmeister Häupl. Ich hatte bereits mit Frau Dr. Meierhofer-Lobensteininger gesprochen. Ich habe da noch eine sehr wichtige Frage. Dringend.«

»Ich verbinde!«

»Dr. Meierhofer-Lobensteininger. Herr Häupl?«

»Ja, ich bin es noch einmal. Wir haben bei unserem Mordopfer Midazolam gefunden, das ihm gespritzt worden ist. Nur um sicher zu gehen: Sie haben ihm das Medikament nicht verabreicht?«

»Nein, sicher nicht. Es ist eigentlich ein Mittel, das auf Palliativstationen verwendet wird. Oder letztendlich in der

Sterbesituation in Krankenhäusern. Also, ich meine im Falle von Krebs im Endstadium. Natürlich ist es als Sedativum in Krankenhäusern vor kleineren Eingriffen im Einsatz. Bei Darmspiegelungen oder so etwas. Und es gibt Dormicum in abgeschwächter Dosis als Tablette. Aber jeder Arzt wird es sich gut überlegen, bevor er so etwas verschreibt. Außerdem hätte ich im Falle von Herrn Grüninger ein starkes Schmerzmittel für besser gehalten. Ich meine, für den Fall, dass er in die letzte Schmerzphase der Erkrankung eintritt.«

»Woher kann man Dormicum oder Midazolam bekommen?«

»Als Tablette normal auf Rezept in der Apotheke. Als Ampulle zum Spritzen oder in die Infusion liegt es in der Hand des Arztes oder Krankenhauses.«

»Gut, vielen Dank, Frau Dr. Meierhofer-Lobensteininger.«

»Gerne.«

Häupl legte auf. »Vielleicht noch Dr. Heiler? Bei anderen Ärzten war er nicht, laut Krankenkasse. Und die Abrechnungen sind aktuell, weil das neue Quartal erst begonnen hat. Dormicum wurde nicht abgerechnet. Aber er könnte es ja noch ganz kurzfristig jetzt zum neuen Quartal bekommen haben.«

»Fragen werden wir Dr. Heiler auf jeden Fall. Aber er wusste nichts von dem Krebs. Sonst hätte er mir das gesagt.« Schatz erhob sich. »Wir brauchen ein zweites Fahrzeug, damit wir da mal vorankommen.«

»Ich nehme einen Streifenwagen. Also, was soll ich machen?«

»Sie übernehmen den Wirt und fragen nach, wer bei diesem Erntedankfest war. Der soll Ihnen eine Liste machen. Erklären Sie ihm, dass wir alle befragen müssen, ob ihnen der Unbekannte aufgefallen ist. Und nehmen Sie das Phantombild mit.«

»Wie wäre es, wenn du mit dem Häupl mitfährst und ihr gleich die Leute abklappert?«, wandte er sich nun Herzl zu. »Ich fahre zu Dr. Heiler und dann noch einmal zu den Grüningers.«

Häupl hatte das Phantombild inzwischen kopiert und gab den Kollegen jeweils eines davon.

Dann machten sie sich auf den Weg.

Dr. Heiler hatte seine Praxis in einem Teil seines Hauses eingerichtet. Er wohnte in derselben Siedlung wie auch die Frau Rudlhofer und wahrscheinlich die Hälfte aller Leute, die Häupl und Herzl noch befragen würden.

Im Wartezimmer, dessen Tür offen stand, saßen zwei ältere Leute und eine junge Mutter mit einem Kleinkind. Schatz hielt auf die Empfangstheke zu und stellte sich der jungen Arzthelferin vor.

Sie lächelte: »Ich glaube, es gibt hier im Ort keinen, der nicht wüsste, wer Sie sind. Ich werde dem Doktor Bescheid sagen.«

Schatz wartete und dachte sich, dass er bei einem alten Arzt auch eine alte Sprechstundenhilfe erwartet hätte. Kaum gedacht, kam eine Frau im weißen Kittel um die Ecke, die altersmäßig dem Arzt sehr nahestand. Sie sortierte Papiere in die Patientenkarteien und würdigte ihn keines Blickes. Schatz nahm an, dass es sich bei der respekteinflößenden Dame um Frau Heiler handelte.

»Kommen Sie bitte herein.« Die junge Frau wies ihm den Weg zu einem der beiden Sprechzimmer, aus dem gerade ein Mann im blauen Overall kam, der seine verbundene Hand in die Höhe hielt.

Dr. Heiler saß an seinem Schreibtisch und deutete auf den Patientenstuhl vor sich. Wie Schatz inzwischen wusste, war der Dorfarzt gerade fünfundsechzig geworden, sah mit seinen weißen Haaren und dem faltigen Gesicht allerdings um einiges älter aus.

»Was kann ich denn für Sie tun, Herr Hauptkommissar?«

»Die Untersuchung der Gerichtsmedizin gibt uns ein paar Rätsel auf. Sehen Sie selber.« Schatz übergab dem Arzt die beiden Berichte.

Der las sie aufmerksam und gab sie dann zurück. »Ich habe mir über den Zustand von Kurt schon selber meine Gedanken gemacht. Er war eigentlich bei mir in Behandlung, aber im letzten Quartal hat er nur seine Blutdrucktabletten abgeholt. Ich habe ihm eine Nachricht zukommen lassen, dass er zumindest ein Blutbild machen lassen sollte, aber er hat darauf nicht reagiert.«

»Hatten Sie denn keine Anhaltspunkte dafür, dass er Krebs hatte?«

»Bei Bauchspeicheldrüsenkrebs geht es oft sehr schnell. Ich kenne Patienten, die von der ersten Diagnose bis zum Tod nur noch zwei Monate hatten, oder sogar noch kürzer. Eine tückische Krebsform. Es ist durchaus plausibel, dass er Anzeichen verspürte...«

»Die wären?«

»...Übelkeit, seltsame Färbung des Stuhls, Verdauungsstörungen allgemein. Also nichts Spezifisches. Das könnte eigentlich alles bedeuten. Vielleicht wollte er gleich zu einem Facharzt. Da gibt es eine Gemeinschaftspraxis in der Stadt...«

»Die Lobensteininger und so weiter.«

»Genau. Dahin hätte ich ihn auch geschickt, wenn er mit mir zuerst gesprochen hätte.«

»Haben Sie ihm das Midazolam verschrieben oder verabreicht?«

»Nein. Sicher nicht. Dormicum, so wird Midazolam vertrieben, gibt es auf Verschreibung in der Apotheke, allerdings geringer dosiert, als es ihr Bericht hier aussagt. Außerdem wurde das Mittel ja gespritzt. Das wird nicht in private Hände gegeben.«

»Ja, das dachte ich schon. Denken Sie, dass man das Mittel irgendwo organisieren kann? Illegal, natürlich.«

»Organisieren lässt sich alles. Oder auch stehlen. Vielleicht im Krankenhaus oder in der Palliativstation. Dort haben sie es sicher in Verwendung, denke ich.«

»Haben Sie es hier in der Praxis vorrätig?«

»Nein, das würde ich nur bei Bedarf ordern. Aber ich verwende es eigentlich nicht, weil ich hier keine Eingriffe durchführe. Es wird ja eher zur Kurzzeitsedierung verwendet. Und Palliativpatienten habe ich derzeit nicht. Im letzten Stadium ihres Leidens gehen die Allermeisten in die Palliativversorgung ins Krankenhaus. Die ist sehr gut und eine enorme Entlastung für den Patienten und die Angehörigen.«

»Denken Sie, dass es in den Apotheken vorrätig ist?«

»Als Ampulle? – Weiß nicht, eher nicht. Ich glaube, auch die Apotheken bestellen es nur bei Bedarf. Vielleicht eine

Apotheke, die in der Nähe eines Internisten, der Magen- oder Darmspiegelungen ambulant durchführt, angesiedelt ist. Die Apotheken wissen schon, was die Ärzte in ihrer Umgebung in der Regel verschreiben oder ordern.«

»Was könnte so ein Bedarf sein?«

»Wenn ein Krebspatient zu Hause sterben möchte und von einem Arzt oder entsprechendem Personal dort versorgt wird. Das ist aber eher Theorie. Oder wenn Ärzte solche genannten Eingriffe in ihren Praxen machen. Dann brauchen Sie diese Art von Medikamenten natürlich auch, wie gesagt.«

»Gut, Sie haben mir sehr weitergeholfen. Vielen Dank, Dr. Heiler. – Ach und noch eine Frage.« Schatz zog das Phantombild aus dem Aktendeckel, in dem er auch die medizinischen Berichte mitgebracht hatte. »Ist Ihnen dieser Mann aufgefallen bei dem Erntedankfest?«

»Sie haben schon eine Spur?«

»Nicht direkt, aber dieser Mann war wohl in der Nähe.«

»Nein, tut mir leid. Er ist eine auffällige Erscheinung, aber an ihn kann ich mich nicht erinnern.«

»An ein Fahrzeug mit auswärtiger Autonummer?«

»Nein. Sehen Sie, bei uns im Dorf gibt es einige Fahrzeuge, die tschechische Autonummern haben. Einige Leute arbeiten in Firmenniederlassungen drüben, die haben Dienstfahrzeuge. Einige Leute von drüben arbeiten hier und haben hier ein Zimmer unter der Woche. Andere wiederum fahren Dienstfahrzeuge von deutschen Firmen, die auch auswärtige Autonummern haben. Ich glaube nicht, dass es jemandem auffallen würde, wenn da ein fremdes Fahrzeug stünde.«

»Wie gesagt, das war sehr aufschlussreich. Vielen Dank noch einmal.«

»Kommen Sie ruhig wieder, wenn Sie weitere Fragen haben.«

Schatz nickte und verließ unter den argwöhnischen Augen der Walküre, die über ihren Lesebrillenrand hinweg schaute, die Praxis.

Draußen begegnete er Häupl, der bereits bei der Hausbefragung der Besucher des Erntedankfestes war.

»Und, Erfolg gehabt.«

»Nein, leider bisher nicht. Viele sind auch nicht zu Hause. Da müssten wir abends kommen.«

»Machen Sie trotzdem weiter. Ich fahre zu den Grüningers.«

»Alles klar, Chef.«

»Konnte sich der Wirt erinnern?«

»Nein, auch nicht die Kellnerin, die an diesem Abend ausgeholfen hatte. Von der komme ich gerade. Aber wir haben eine lange Liste von Gästen bekommen.«

»Konnte der Wirt sich an alle erinnern?«

»Er und die Kellnerin, die Listl Erni. Wir sind hier in einem Dorf. Da kennt jeder jeden. Von außerhalb verirrt sich da selten einer auf so ein Fest. Schon von daher glaube ich nicht, dass das Phantom dort war. Die Leute wüssten das. Ich habe dem Kollegen Herzl übrigens die Häuser zugewiesen, weil er sich ja nicht auskennt.«

Schatz hob die Hand und stieg in sein Auto, während Häupl an der nächsten Haustür klingelte.

Schatz fuhr nicht gleich los. *Übelkeit, Verdauungsstörungen, vielleicht auch Schmerzen?* Er würde es sicher nicht mehr länger aufschieben, zum Arzt zu gehen, wenn diese Sache hier endlich erledigt war.

# Kapitel 7

»Wann können wir den Opa endlich beerdigen?« Kurt Grüninger hatte Schatz in die Familienstube gebeten, wo der große Esstisch stand, eine Couch für das Nachmittagsschläfchen oder die Fernsehstunde, der Fernseher und der Herrgottswinkel, der eine ganze Ecke über einer extra angefertigten Eckkommode einnahm. Wie immer wirkte alles sehr sauber, gepflegt und aufgeräumt. Außer dem Ticken des großen Regulators an der Wand, gab es keine Geräusche.

»Da gibt es schon noch einige Unklarheiten. Ein wenig Geduld müssen Sie noch haben. Und ich habe auch noch ein paar Fragen, wenn Sie erlauben.«

Grüninger, seine Frau Adele und auch die beiden Kinder, etwa zehn und zwölf Jahre alt, wie der Kriminaler aus den Akten wusste, saßen auf der Eckbank am Tisch. Die alte Frau Grüninger kam gerade aus der Küche, die von einer Innentür aus zu erreichen war. Sie setzte sich auf einen der Stühle. Schatz hatte auf dem Stuhl an der Kopfseite des Tisches Platz genommen und zog nun das Phantombild hervor.

»Ist Ihnen während des Erntedankfestes dieser Mann hier aufgefallen?«

»Na, an so oan heid i mi erinnert.« Die alte Frau Grüninger winkte sofort ab.

Doch auch die anderen am Tisch schüttelten nach eingehender Betrachtung die Köpfe. Schatz wollte es schon wieder einpacken, da meldete sich die Tochter des Hauses. Sie war das jüngere Kind.

»Der war scho a mol do.«

Schatz horchte auf. »Der war schon einmal hier?«

»Ja, vor zwoa Wocha. Der Opa hod eam troffa draußdad aaf da Owandn.«

»Äh?«

Der Grüninger Kurt sprang helfend bei. »Wir ham da eine Wiesn, die am Waldrand liegt und recht hängt. Bei uns hoaßt de immer nur ›de Owandn‹.«

Er schenkte sich eine nähere Erläuterung der genauen Bedeutung dieses Wortes, weil ihn die Eröffnung seiner Tochter sehr überrascht hatte. »Lisa, du host den Opa mit dem Mo gseng?«

»Ja, der Mittwoch wars. Do hob i nomitoch Klarinettn-Unterricht. Und wie i zur Stauffer Mare gei, do sech i den Opa mit dem do.«

Schatz sah irritiert vom Kind zum Vater.

»Die Stauffer Maria wohnt etwas einödig und wenn die Lisa zu ihr geht, dann benutzt sie den Weg am Waldrand lang.«

»Also über die *Obande*?«

»Oder so, ja, genau.«

»Hast du verstanden, was der Opa und der Mann miteinander gesprochen haben?«

»I hob zum Opa ›Griaß de‹ gsagt, weil i eam no ned gseng hob an dem Toch. Owa er hod koa Augn fia mi ghot. I glaub, dea hod mi goa ned gseng.«

Vater Kurt sah Schatz an und der nickte. »Und hast du irgendetwas von der Unterhaltung mitbekommen?«

»Oan Satz vo dem andern. Dea hod gsagt: Aber Hasch wäre einfacher!«

Alle am Tisch atmeten tief durch. Die alte Beate wurde ein wenig grün um die Nase.

»Wolln Sie song, dass mei Mo a Drogendealer war?« Ihre Betroffenheit drückte sich ein wenig übergriffig im Ton aus.

»Nein, auf keinen Fall. Wir sind da schon ein wenig weiter in den Ermittlungen. Aber was die Lisa da sagt, ist enorm wichtig für uns. Lassen Sie mich noch kurz mit ihr sprechen, dann erkläre ich Ihnen alles.«

Er beugte sich nach vorne und schaute das Mädchen an, das seinen Blick selbstbewusst erwiderte. Hinter ihren Brillengläsern fixierten ihn wache Augen.

»Wie sprach der Fremde? So wie ich? Oder hatte der einen anderen Dialekt?«

Lisa überlegte eine Weile, dann sagte sie: »Des war koa Tschech und a koa Russ oder jemand, der ausm Ausland kimt. Des war a Deitscha. Owa koana vo uns do. Der hod hochdeitsch gred. No mehra hochdeitsch wei du und da anda Kriminaler.«

»Und könntest du mir die Stelle zeigen, wo die standen?«

»Klar, des war beim Mitterhofer-Moaterl. Genau duat, weil se da Opa am Kreiz festgholtn hod.«

Das Kind war beeindruckend!

Schatz lächelte. »Du hast uns unheimlich weitergeholfen. Aber jetzt würde ich gerne mit den Erwachsenen weitersprechen. Müsst ihr keine Hausaufgaben machen oder so was?« Er schaute vom Mädchen zum etwas älteren Buben.

»Ja mei«, sagte der mit rollenden Augen, »dann gemma hold. Servus, Herr Kriminaler.«

»Ja, servus, ihr zwei.«

Schatz wartete, bis die Kinder die Tür von außen geschlossen hatten und wandte sich dann den drei Grüningers zu, die gerade vollkommen überfahren wirkten.

Er hatte den Mund schon geöffnet, um eine Erklärung abzugeben, als die hellwache Lisa noch einmal hereinlugte.

»Herr Kriminaler, ich hob do no wos. Der Mo hod a Tätowierung ghabt. Aafm Oam. So wos wie aaf de Nudlpackerl draf is und aafm Kaas.«

»Was ist da denn drauf?«

»No so schwoarz und weiß. So Strich.«

»Weiß du noch, auf welchem Arm?« Schatz war leicht euphorisiert über das geniale Kind und musste aufpassen, es die Anwesenden nicht spüren zu lassen.

»Woatns. Der is aso do gstandn. Dea Oam do wars.« Sie schien konzentriert nachzudenken, stellte sich neben das imaginäre Mitterhofer-Moaterl ihrer Erinnerung und deutete schließlich auf ihren rechten Arm.

»Weißt du noch, was er angehabt hat?«

»So wos, wie eana Helfer. Jeans und a T-Shirt.«

Schatz war froh, dass Herzl den ›Helfer‹ nicht gehört hatte.

»Ist auf dem T-Shirt was drauf gestanden?«

»Naa, bloß weiß.«

»Und wie hatte er die Haare?«

»Genauso wie aaf eanan Buidl. Lang owe und en da Mitt zamgmocht.«

Sie kam näher und deutete auf die Hinteransicht des Phantoms.

»Hast du vielleicht ein Auto in der Nähe stehen sehen, eins, das fremd war, das du nicht kanntest?«

»Naa, koa Auto. Do war bloß des Mofa vom Opa. Mit dem is er allaweil aafd Wies gforn.«

Schatz wartete ab. Sie zuckte mit den Schultern. »Mera woaß i eiz a ned.«

»Das ist viel mehr, als ich jemals erwartet hätte. Du bist eine gute Beobachterin, Lisa.«

Sie zuckte noch einmal mit den Schultern, lächelte ihn aber strahlend an. Dann zog sie ab. Als sie die Tür hinter sich geschlossen hatte, wandte sich Schatz wieder den Erwachsenen zu.

»Jetzt muss ich Sie doch noch fragen, ob Lisa ein sehr phantasievolles Kind ist. Könnte sie sich das ausgedacht haben?« Schatz konnte sich im Moment gar nicht vorstellen, so viel Glück bei der Ermittlung zu haben, wie mit dem Kind.

»Sie zeichnet guad. Und konn se Sachan guad merka. Ich glaub scho, dass sie des wirklich gseng hod. Ned bloß im Kopf drin«, sagte nun Adele, die die ganze Zeit über schweigend und unbeweglich dabei gesessen hatte.

Schatz dachte an Herzls Erzählung über die Messerfrage. Eine seltsame Frau. Aber vielleicht auch nicht ganz einfach, im Haus der Schwiegereltern zu leben.

»Also. Jemand muss mich anschließend zu dieser Wiese bringen, damit ich mich dort umschauen kann. Vielleicht finde ich ja noch etwas. – Aber jetzt zur Erklärung: Wir haben herausgefunden, dass der Herr Grüninger schwer krank war, todkrank eigentlich. Wir wissen auch, dass er beim Arzt war und es auch gewusst hat. Nicht bei Dr.

Heiler, sondern in einer Praxis in der Stadt. Dass dieser Mann, den Ihre Tochter jetzt ja auch erkannt hat, irgendwie in der Sache mit drinsteckt, dachten wir uns schon. Es gab einen Zeugen, der den Mann am Erntedankabend bei Ihrem Haus gesehen hat. Deshalb auch die Bodenprobe bei der Wildbieselstelle an Ihrer Mauer, Frau Grüninger.« Er schaute Adele an, die nur kurz mit den Schultern zuckte.

»Wir vermuten, dass sich der Herr Grüninger irgendwie vor seiner Krankheit wappnen wollte und deshalb versucht hat, etwas aufzutreiben, was er im Falle, dass es schlimmer würde, nehmen konnte.«

Schatz versuchte, das Ganze so vorsichtig wie möglich zu verpacken. Außerdem war, bis auf den großen Unbekannten, alles noch Spekulation. Wenn auch Lisas Aussage ein wenig Licht in die Sache gebracht hatte.

»Was hatte mein Mann denn?« Die Großmutter wirkte naturgemäß mitgenommen. Sie schien auch wirklich zu trauern und der Umstand, wie ihr Mann zu Tode gekommen war, machte ihr zu schaffen.

Die Juniors ließen sich, bei aller Offenheit den Ermittlern gegenüber, nicht in die Tiefen ihrer Seelen schauen. Erst bei Lisas Geschichte brachen die undurchdringlichen Mienen von Kurt und Adele ein klein wenig auf, um sogleich wieder dieselbe Ausdruckslosigkeit auszustrahlen, wie zuvor. Schatz wurde aus diesen Menschen nicht schlau.

»Er hatte Bauchspeicheldrüsenkrebs. Und, wie gesagt, er wusste es auch. Auch, dass es ihn schon schlimm erwischt hatte. Das hat uns die Ärztin mitgeteilt, bei der er war. Wusste von Ihnen jemand davon?«

Alle drei schüttelten die Köpfe.

Nach einem kurze Schweigen sagte Kurt: »Er war vor a poor Wochan bei am Freind. Em Krankenhaus. Dea hod a an Krebs ghod und is a kurz drauf gstoam. Wie er hoamkemma is, da Voda, hod er gsagt, aso mecht er nia ned dahivegitiern.«

Schatz nickte. »Ja, es macht den Anschein, als hätte er Vorsorge für diesen Fall treffen wollen.«

»Und dea do?«, Adele zeigte auf das Phantombild, »Dea war en unserm Haus und hod den Voda umbrocht?«

»Leider wissen wir das noch nicht. Das kann im Moment keiner wissen. Deshalb müssen wir den Unbekannten jetzt erst einmal ausfindig machen.«

Schatz erhob sich. »Ich möchte jetzt zu dieser Wiese und mich ein wenig umsehen und dann die Einzelheiten von Lisas Beobachtungen nachprüfen. Wenn Sie mir den Weg dorthin zeigen würden, zu diesem ... Kreuz.«

»Ja, klar. I for mit eana mit und geh dann zu Fuß wieda owa.« Kurt Grüninger stand ebenfalls auf.

Kurze Zeit später stand Schatz zusammen mit dem Grüninger Kurt am Wegkreuz bei der abschüssigen Wiese. Ein phantastischer Ausblick bot sich ihm über den Ort und die Wiesen und Felder drumherum. Über die ausladende Talsenke konnte man viele Kilometer weit in Richtung Horizont schauen und einige Ansiedlungen in der Ferne erkennen. Der restliche Ausblick war zu drei Seiten gebremst durch den allseits vorhandenen Wald.

»Schön hier. Wunderbare Aussicht.«

»Desweng ham de Mitterhofers a des Moarterl und de

Benk hergstölt. Dann kon ma se hersitzn und iwaschaun. De Mitterhofers gherd der Wald hinter uns.«

Das verstand Schatz nun wieder nicht komplett, aber er konnte sich ungefähr denken, was der Grüninger da von sich gab.

»Schon gut, Herr Grüninger, vielen Dank auch. Ich komme jetzt allein zurecht. Und falls der Lisa noch was einfällt, dann rufen Sie mich bitte sofort an. Meine Karte haben Sie ja.«

»Scho recht. Pfiad Gott.« Der Grüninger stiefelte am Waldsaum entlang und entfernte sich dann über einen schmalen Feldweg.

Schatz sah sich um. Das Dorf begann etwa zweihundert Meter weiter unten. Er würde die Anlieger befragen müssen, ob sie vielleicht auch Zeuge dieses Gespräches zwischen dem alten Grüninger und dem Fremden gewesen waren. Oder ob sie ein fremdes Fahrzeug gesehen hatten.

Rechts von ihm lag das einsame Haus dieser Klarinettenlehrerin. Und wenn er von da aus einige hundert Meter abwärts blickte, konnte er noch das Gehöft vom Trapper erahnen.

Er untersuchte den Platz rund um dieses ›Marterl‹, wie die Einheimischen das Wegkreuz zu nennen pflegten. Akribisch durchkämmte er den verwilderten Bewuchs. Dann zog er den Kreis größer. Tatsächlich fand er eine Zigarettenkippe etwa eineinhalb Meter hinter dem Kreuz auf dem weichen Waldboden. Er tütete sie ein.

Schließlich machte er sich auf den Rückweg zu seinem Auto, mit dem er auf dem holprigen Feldweg nicht bis hier herauf fahren hatte können.

Bei den drei Häusern, die unterhalb lagen, fragte er sofort nach. Doch niemand hatte etwas gesehen oder gehört.

Auf der anderen Straßenseite gab es keine Häuser, dafür aber Felder. Schatz hatte sein Auto dort geparkt.

Als er einsteigen wollte, rief ihn jemand von hinten an.

»I hob ihran Nummara scho aufgschrim. Sie ham do falsch parkt. Schaungs, do ohm is des Schildl.«

Schatz fuhr herum. Der Trapper schob mit dem Fahrrad in seine Richtung. Er trug wieder den Hut und die Brille.

»Ah, der Herr Kriminaler! Sauwa, sog i. Wissts ihr ned, wo ihr parka deafts und wo ned?«

»Ich habe ja nur kurz gehalten. Und fahre jetzt auch schon wieder weg. In Ordnung, Herr Troppmann?«

»Ja, du kamast ma recht! Moanst, weilsd aus der großen Stod bist, deafst du falsch parka? Des deafan de Einheimischen ned und du a ned.«

Der Trapper war unversöhnlich und Schatz ahnte, wie er den Anwohnern hier auf die Nerven ging.

»Dann müssen Sie mich anzeigen. Kein Problem. Aber jetzt muss ich weiter. Und danke noch mal für Ihre Hilfe, Herr Tra...Troppmann.«

Er ließ sich auf keine weitere Diskussion mehr ein, stieg in den Wagen und fuhr los.

Wenig später traf er in der Wache ein, wo Herzl und Häupl bereits wieder vor dem PC saßen.

»Ich habe Neuigkeiten!«, begrüßte er sie und trat in seinem Überschwang die Tür gegen die Pinnwand, von der sich prompt einige Papiere lösten und zu Boden schwebten.

»Umwerfende Neuigkeiten, wie man sieht!«

Herzl, der Meister der Pinnwand, erhob sich und reparierte den Schaden, wobei er sich eine Pinnnadel hinter die Daumenkappe stieß und laut fluchte. Er warf die Tür, die immer noch offen stand, wütend ins Schloss.

Häupl und Schatz grinsten und warteten ab, bis der Kollege sich wieder beruhigt hatte.

»Also, was gibt's nun Neues? – Wir haben übrigens auch was«, deutete Häupl an.

Schatz berichtete von der Aussage des Kindes und zog die plastikverpackte Zigarettenkippe aus der Tasche seiner Jacke.

Herzl nahm sie ihm aus der Hand und brachte sie nach draußen, damit sie pronto zur Spurensicherung geschickt werden konnte.

Als er zurückkam, lehnte er sich an seinen Lieblingsplatz an der Fensterbank und nahm sofort den Faden von Schatz Erzählung auf.

»Dann hat er sich also Drogen besorgen lassen von unserem Phantom. Immer vorausgesetzt, diese Lisa hat das richtig beobachtet.«

»Die ist helle. Ich zweifle nicht an dem, was sie gesagt hat. Vielleicht bestätigt diese Kippe ja ihre Aussage. Und wenn nicht, dann glaube ich ihr das auch.« Schatz saß am zweiten Schreibtisch und hatte Herzl im Rücken. Häupl saß vor ihm. Schatz fuhr mit dem Bürostuhl bis vor die Pinnwand, um beide gut im Blick zu haben.

»*Hasch wäre einfacher zu kriegen*, sagte er zu dem alten Mann. Das heißt, der alte Grüninger hat explizit was anderes verlangt.«

»Etwas, von dem er wusste, dass man sich damit wegdrücken kann. – Was, wenn er an die Lebensversicherung gar nicht gedacht hat, sondern sich nur umbringen wollte? Und der Typ ihm das besorgt hat. Der Alte ist so blauäugig, nimmt ihn mit ins Haus, bezahlt und der andere sieht, wie viel Geld da ist, und bringt ihn um die Ecke.«

»Und das Messer hat er vorsorglich schon mal mitgenommen?«

»Gut, dann anders: Der Alte nimmt ihn mit ins Haus, bezahlt, das Phantom sieht die viele Kohle, geht, holt sich irgendein passendes Werkzeug, kommt zurück und sticht zu, als der Grüninger gerade ins Bett gehen will.«

»Und der lässt sich einfach so in den Rücken stechen?«

»Ach, Pipifax.« Herzl klang ein wenig ungeduldig, als er Schatz Spitzfindigkeiten kommentierte. Häupl hatte dem Disput schweigend zugehört.

Nun mischte er sich ein: »Vielleicht haben die den Deal unten abgewickelt, im Freien, und Grüninger hatte das viele Geld in der Brieftasche, so dass der andere Appetit bekommen hat. Diese Messer liegen ja gleich in der Kammer gegenüber vom Hof. Als wir dort waren, meine ich keine Schlösser an den Türen gesehen zu haben. Die sind immer offen. Vielleicht hat er einfach auf gut Glück gesucht und die Messer dabei gefunden.«

»Viele vielleichts!« Schatz wiegte skeptisch den Kopf hin und her.

»Wir leben von ›vielleichts‹. Wer weiß schon, wie es sich genau abgespielt hat«, unterstützte Herzl den jungen Kollegen.

»Ich meine ja auch nicht seine Theorie, ich meine unsere

ganzen Theorien. Übrigens: Hätte sich der Deal draußen abgespielt, hätte der Trapper das beobachtet.«

»Ach, der kann auch nicht überall sein. Und er hat unser Phantom ja erst beim Pinkeln erwischt. Da muss die Sache schon über die Bühne gegangen sein, weil er sich dann vom Acker gemacht hat, wie der Trapper sagte.«

»Na gut. Also Fakten: Klar ist, dass das Phantom was damit zu tun hat, weil wir jetzt schon zwei Zeugen haben, die ihn gesehen haben, einer davon sogar in Zusammenhang mit dem Großvater. Klar ist, Opa hat Drogen gekauft und dafür einen Teil des Geldes angelegt. Klar ist auch, dass er kein Hasch wollte, sondern was Stärkeres. Klar sind natürlich auch Todeszeitpunkt und Todesursache. Weitere Fakten sind die Lebensversicherung und die Abhebung der großen Geldsumme. Und auch, dass die Juniors nicht besonders liquide sind, um es vornehm auszudrücken.« Schatz stützte den Kopf in die Hände und schloss für einen Moment die Augen. »Mann, bin ich müde! Es wird schon dunkel draußen. Diese fünfzehn-Stunden-Tage gehen nicht wirklich spurlos an mir vorüber. Ich sollte echt den Beruf wechseln.«

»Sagst du jedes Mal. Und dann freust du dich über jede Leiche, wie der Erstklässler auf die Schultüte«, bemerkte Herzl trocken.

Er ging hinüber zum anderen Schreibtisch und setzte sich wieder auf seinen Stuhl neben Häupl.

»Wir haben auch was herausgefunden. Das heißt, Häupl hat. Wir haben Hermann Holzhauer ausfindig gemacht. Er lebt immer noch in Venezuela. Er besitzt dort ein Hotel in Caracas und ist inzwischen Venezulaner ... heißt das so?«

»Venezuelaner.«

»Venezolaner!« Das war Häupl. Manchmal fragte er sich, ob die zwei Kollegen aus der großen Stadt sich für etwas außerhalb ihrer Ermittlungen interessierten.

»Na gut! Familie?«

»Eine Frau und sieben Kinder.«

»Nein!«

»Doch! Und alle sieben Kinder haben eine hervorragende Reputation. Professoren, Rechtsanwälte, Lehrer und so was alles. Einer der Söhne ist mit im Hotelgeschäft. Die Frau ist bereits verstorben.«

»Und woher wissen Sie das alles, Häupl?«

»Es gibt hier eine nette Dame, die wir öfter mal holen, wenn wir illegale Grenzgänger haben. Die gute Frau ist aus Venezuela und spricht einiges an Sprachen. In erster Linie natürlich Spanisch. Ich habe sie auf den Hermann Holzhauer angesetzt, als ich herausgefunden hatte, wo er abgeblieben ist.«

»Und wie haben Sie das herausgefunden?«

»Glückstreffer. Ich habe die Suche ausgeweitet und mir auch die englischen Seiten zeigen lassen. Da kam Hermann Holzhauer mit seinem Hotel. Dann brauchte ich bloß noch ein wenig zu recherchieren. Das war kein großes Problem mehr. Und die Frau Suerte hat ihre tausend Verwandten angerufen und hat dann schließlich die Infos über die Holzhauer-Sippe in Caracas zusammengetragen.«

Schatz beugte sich verschwörerisch nach vorne: »Sagen Sie mal, Häupl. Was würden Sie von einer Versetzung in die große Stadt halten?«

»Ehrlich?«

»Klar, ehrlich!«

»Nichts. Ich fühle mich hier ganz wohl. Ich bin kein Großstädter. Genauso wenig wie Sie hierher gehören.«

Herzl lachte lauthals: »Da will man Ihnen ein Kompliment machen und Sie packen gleich das Messer aus.«

Häupl lachte auch und zuckte mit den Schultern. »Na, jedenfalls danke für das Angebot.«

»Gibt es denn was Neues von der Spurensicherung? Was unser Phantom betrifft? Oder ... oh, Scheiße!!« Schatz war mit einem Schlag wieder hellwach. »Ich hab die Tätowierung vergessen! Lisa erzählte, unser Phantom hätte eine Tätowierung am rechten Arm. Einen Strichcode. Wenn wir das mal erkennungsdienstlich durchlaufen lassen. Vielleicht haben wir Glück.«

»Und sie meinte, er wäre Deutscher?«, hakte Häupl nach.

»Kein Tscheche oder Russe, sagte sie wörtlich. Hochdeutsch hat er gesprochen. Zumindest den einen Satz, den sie gehört hat«, antwortete Schatz, dann grinste er: »Sie meinte, er hätte hochdeutscher gesprochen, als wir beide.«

Häupl nickte und wandte sich wieder seinem PC zu. »Also ein Preuße. Was dagegen, wenn ich einen Kollegen von der Nachtschicht dransetze?«

»Nein, machen Sie nur. Machen wir Feierabend und Sie dann auch.«

# Kapitel 8

So müde konnte Georg Herzl gar nicht sein, dass er nicht noch auf eine Pizza scharf war. Nicht Stefano war es, der ihn in die Pizzeria trieb, es war die Aussicht auf einen weiteren wundervollen Abend mit der bezaubernden Schönen von der Gemeindekanzlei.

Sie hatten sich verabredet, als Herzl die Bilder geholt hatte. Nun erwartete sie ihn bereits in ihrer verträumten Ecke im hinteren Bereich des uralten Gewölbes, das der findige Besitzer zu einem urigen Restaurant ausgebaut hatte.

»Buonasera!« Der augenzwinkernde Stefano freute sich sichtlich seinen Gast wiederzusehen und er ging mit schwingendem Hintern vor Herzl her zum Tisch, den der auch alleine gefunden hätte. »Allora! Hierr sind wirr.«

»Äh, gracias.«

Stefano grinste: »De nada!«

Dass Herzl spanisch und italienisch nicht auseinanderhalten konnte, war für den schönen Stefano das einzige – unwichtige – Manko am gutaussehenden Städter. Er wäre ein schlechter Kellner gewesen, hätte er nicht sofort herausgefunden, dass da ein Kriminaler aus der großen Stadt vor ihm saß. Immerhin drückte er sich ständig in der Nähe seines Gastes herum und hatte am Vorabend einige einschlägige Sätze mitbekommen.

»Pizza Gigante?«, fragte er treuherzig.

»Ja, für mich die Gigante und ein Helles.«

Julia nickte auch. »Genau. S'Gleiche.«

Stefano zog ab.

»Jetzt hob i schon gedacht, du kimmst heit nimma.« Sie war noch nicht im Hochdeutsch-Modus. Dafür trug sie ihre Dienstbluse vom ersten Tag, die mit der grandiosen Draufsicht.

»Wir haben eben erst Feierabend gemacht und ich musste den Kollegen noch zum Wirtshaus raus kutschieren. Wir haben bloß ein Auto dabei.«

Angesichts der Draufsichten war er nicht ganz bei der Sache.

»Und, wie läuft's mit eurem Mord?«

Ihr Gesicht war sehr zurückhaltend geschminkt. Normalerweise mochte er es schon, wenn sich Frauen geschmackvoll anmalten. Aber bei dieser Frau hier hätte jeder Pinselstrich fehl am Platze gewirkt. Ihre Schönheit war natürlich und sie wirkte so gesund und prall, als wäre sie einer Buttermilchwerbung entsprungen.

Er war dabei, ein ganz anderes Gefühl für seine derzeitige Begleiterin zu entwickeln, als dies bei seinen üblichen Eroberungen der Fall war. Schon aufgrund der Tatsache, dass diese Julia hier sich sehr zurückhaltend gab. Obwohl sie schon wusste, wie sie auf Männer wirkte.

Sie sah ihn mit ihren großen Augen an und wartete auf eine Antwort. Er riss sich zusammen und versuchte, eine Etage höher in ihr Gesicht zu schauen.

»Wir sammeln. Irgendwie kommen wir schon weiter. Aber der große Unbekannte bereitet uns noch Kopfzerbrechen. Obwohl wir der Meinung sind, dass der da ganz dicke mit drinhängt.«

»Wenn ihr den Mord auf'klärt habts, dann geht's wieder zurück nach München?«

»Ja, klar. Hier ist so viel Sauerstoff in der Luft, dass mir schwindlig wird.«

Julia bedachte ihn mit einem seltsamen Blick. Ihr war nicht klar, ob er das ernst meinte. Seine Miene jedenfalls signalisierte, dass es kein Witz war.

»Du hast es ned so mit da Landluft?«

»Und du? Möchtest du nicht auch einmal von hier weg?«

»Warum sollt' i des wollen? Prima Arbeit, koa Stress, so viel Sauerstoff in da Luft, dass einem schwindlig werd. Und normalerweise werdn bei uns do auch keine Leut umbracht. Also, sagn wir mal, verhältnismäßig wenig. Is doch as Paradies.«

Stefano zwinkerte, als er Herzl das Bier hinstellte und war ganz der beflissene Kellner, als er Julia mit ihrem Getränk bedachte.

Herzl atmete tief durch und brachte ein schiefes Lächeln zustande, was Stefano verzückte und ein Grinsen auf Julias leicht gebräuntes Gesicht zauberte.

»Der gute Stefano steht auch auf di.«

»Auch?«

»Ich schätz, viele stehn auf di. Warum hastn du dich no ned gebunden? Oder wartet da eine sauerstoffarme Tussi in München auf di?«

»Nein, keine Tussi. Weder eine mit noch eine ohne Sauerstoff. Auch sonst niemand.«

»Verstehe. Weißt, mir hat mal eine Freundin gsagt, sie holt sich die Männer, wie sie sie braucht. Und wenn sie sie nimmer braucht, dann legt sie sie ab. Mit einundvierzig hat sie dann aber doch gheirat. Innerhalb von zwei Wochen.«

»Und ist glücklich?«

»Superglücklich. Sie hat halt viel durchprobiert.«

»Auf deine Freundin!« Herzl hob das Bier und prostete Julia zu.

Die erwiderte und trank mit gutem Durst. Der kleine Bierschaumbart auf ihrer Oberlippe machte ihn verrückt, noch mehr, als sie mit der Unterlippe versuchte, ihn wegzusaugen. Sie war zuckersüß und unheimlich begehrenswert und dass sie das scheinbar gar nicht zu wissen schien, machte ihn noch nervöser.

»Machst'as du genauso, wie mei Freundin?«

Sie sah ihn von unten herauf treuherzig an.

Herzl überlegte. Tat er das?

»Irgendwie schon, glaube ich. Bisher hat aber noch keine Frau in mein Leben gepasst. Oder vielleicht besser: Mein Leben passt nicht so richtig für eine Frau, also Partnerin, Ehefrau halt.«

»Warum?«

»Blöde Arbeitszeiten. Gefährliches Leben. Wenn man ständig Mörder sucht, wird's schon mal gefährlich. Und irgendwie ist mein Partner der Schatz. Wie ein altes Ehepaar. Wir kennen uns und unsere Launen.«

»Hat der Schatz Launen?«

»Eher weniger.«

»Also du.«

»Eher mehr.«

»Welche?«

»Hm. Musst du selber rausfinden.«

»Hab ich denn eine Chance dazu?«

»München ist ja nicht so weit weg.« Ja, nur tausend Meilen Zuckerrübenlaster, Kühe, Wildnis.

»Und wir kennen uns grad mal zwei Tag'. Lassen wir das mal ein wenig langsamer angehen.« Julia senkte den Blick.

Passenderweise wedelte Stefano die Gigante heran. Diesmal wurde Julia zuerst bedient. Andererseits benötigte er einige hautnahe Anläufe, um ihrem männlichen Begleiter den überdimensionalen Teller hinzuzirkeln.

»Guten Appetit«, sagte er diesmal und zog ab, ohne sein oder Herzls Spanisch zu bemühen.

»An Guad'n, Georg.«

»Ja, dir auch.«

Er aß die Torte wieder aus der Hand und auch Julia hatte inzwischen keine Scheu mehr, es ihm gleich zu tun. Sie alberten eine Weile mit den Pizzastücken herum, fütterten sich gegenseitig und fingen sich dabei einen missbilligenden Blick von Stefanos Vorgesetztem ein, der einerseits weniger schwul war als sein Kellner, andererseits sehr deutlich signalisierte, dass sie hier in keinem Fastfoodladen und schon gar keine albernen Teenager waren.

Was aber eh egal war, weil sie die Gigante inzwischen verdrückt hatten.

»Und, was machen wir nun mit dem angebrochenen Abend?«

»Auf einen Wein zum Rico?«

»Wer ist der Rico?«

»Ein Weinlokal, ›Casa Vino‹.«

»Ah ja!«

Herzl holte seine Geldbörse aus der Hosentasche und

winkte den Kellner heran. In diesem Moment klingelte sein Handy.

Für den Bruchteil eines Momentes überlegte er, nicht ranzugehen, doch dann wischte er doch über das Display.

»Schatz, es passt grad gar nicht!«, lamentierte er.

»Wir haben einen Treffer! Der Häupl hat mich angerufen! Hol mich ab! – Und zwar gleich!« Schon hatte Schatz wieder aufgelegt.

Herzl rollte mit den Augen.

»Siehst du, liebste Julia. Deshalb bin ich noch ungebunden. Wenn Fall, dann rund um die Uhr.«

Sie hatte ihre Geldbörse geöffnet und wollte gerade die Scheine herauszählen, doch Herzl legte seine Hand über die ihre.

»Lass mich dich wenigstens einladen.«

Sie lachte ihn ein wenig schief an.

»Gerne. Warum auch nicht?«

»Wünsche einen guten Abend.« Der gute Stefano hatte vermutlich erkannt, dass es vergebliche Liebesmüh war, Herzl anzuschmachten und verschwendete keinen Hüftschwung mehr an ihn. Abgesehen davon hatten am Nebentisch drei appetitliche Männer Platz genommen, die nun augenzwinkernd bedient wurden.

»Es tut mir ehrlich leid«, sagte Herzl, als sie draußen am Parkplatz standen. Er wirkte so geknickt, dass sich Julia genötigt fühlte, ihn zu trösten.

»Schau, den Wein trinken wir dann morgen Abend.«

Sie legte ihre weiche Hand um seinen Kopf und zog ihn zu sich heran. Dann hauchte sie ihm einen Kuss auf die Wange.

»Dafür, dass da recht stinkt!«, grinste sie spitzbübisch und ihre weißen Zähne glitzerten in der Dunkelheit.

»Dass es mir stinkt, das darfst du glauben!«, antwortete er zerknirscht.

Er wartete, bis sie in ihr Auto eingestiegen und weggefahren war und ging hinüber zu seinem Fahrzeug. Nachdem er die Tür geschlossen hatte, rief er wütend: »Scheiße!!«, und knallte mit der Faust gegen das Lenkrad.

Trotzdem lag ihm der Fall am Herzen, wie er jeden Mordfall als persönliche Beleidigung erachtete, so lange er ihn nicht gelöst hatte.

Kurze Zeit später standen Schatz und Herzl bei Häupl in der Wache. Häupl trug erstaunlicherweise Uniform. Der Kerl schien nie zu schlafen.

Schatz hingegen hatte seine Freizeitjeans und ein T-Shirt angezogen und sah Herzl damit sehr ähnlich, abgesehen von den unterschiedlichen Haarfarben und Frisurenstilen.

Aus irgendeinem Grund musste Herzl daran denken, was er vorhin Julia erzählt hatte: Irgendwie ist der Schatz mein Partner. Die Aussicht auf ein Leben nur mit dem Schatz erschreckte ihn zutiefst und er hatte Mühe, sich auf Häupls Eröffnung zu konzentrieren.

»Die Nachtschicht hat einen Treffer gelandet. Schaut mal her: Dieter Brockmann, fünfundzwanzig, gebürtig aus Berlin, Drogenabhängiger. Letzte bekannte Adresse ist in Regensburg. Allerdings sah er auf dem letzten aufgenommenen Bild noch anders aus.«

Häupl öffnete eine Datei. Zwei Fotos aus der Kartei erschienen auf dem Bildschirm. Auf dem frontalen Bild war eine Ähnlichkeit mit dem Phantombild eindeutig zu erkennen, allerdings trug er die Haare schulterlang und in Locken. Aber auf dem Polizeifoto sah er ausgezehrter aus, als auf dem Phantombild. Vielleicht hatte auf dem gemalten Bild ein wenig die Phantasie des Trappers mitgewirkt.

»Gefunden hat ihn der Kollege über das Tattoo. Auf dem rechten Unterarm der Strichcode: Hier. Gar so viele Strichcodes auf Unterarmen haben wir dann auch wieder nicht in der Datei.« Er deutete auf ein Detailbild, das die verräterische Zeichnung zeigte.

»Vielleicht sollten wir einen Scanner drüber laufen lassen«, scherzte Herzl. Die anderen beiden grinsten.

Dann wurde er wieder ernster und sagte zu Schatz: »Deine Lisa ist ein zauberhaftes Mädchen, scheint mir.«

»Wieso ist er in der Datei?«, fragte Schatz nun Häupl.

Schatz und Herzl standen hinter Häupl und betrachteten die Informationen auf dem PC.

»Beschaffungskriminalität. Auf dem Bild ist er zwanzig Jahre alt. Da hat er ein paar alten Damen die Handtaschen abgenommen. Seither war nichts mehr aktenkundig.«

Schatz dachte angestrengt nach und rieb sich dabei, wie immer, wenn ihn etwas umtrieb, das Kinn. »Das heißt, eigentlich schaut er nur, wie er seine Sucht finanzieren kann. Nicht unbedingt ein Mörder. Eher ein Einbrecher oder so was.«

»Hier steht, dass er sich für den Entzug entschieden hat, damals. Statt Gefängnis. Und er hat ihn auch ordnungsgemäß hinter sich gebracht. Durchgezogen praktisch.«

»Dann ist er clean?«

»Oder eher rückfällig geworden.«

»Aber wie reagiert einer, der dringend was braucht und gerade nichts kriegen kann, weil er blank ist?«

Schatz und Herzl waren wieder am Kombinieren und warfen sich die Bälle gegenseitig zu.

»Und er sieht, dass sein – nennen wir ihn mal – Kunde, einen Haufen Geld im Börsel hat.«

»Aber dann muss er schon sehr tief unten sein, wenn er das Messer holt und ihn auf diese Weise um die Ecke bringt.«

»Oder high.«

»Oder high.«

»Oder eben nicht high.«

»Oder eben nicht high.«

»Die Datei sagt, er war damals auf Kokain. Wenn der da immer noch drauf ist, dann können der Konsum und vor allem der Entzug zu psychischen Ausfällen führen. Also Depressionen, Angstzustände, aber auch Aggression und Paranoia. Ich glaube, der brauchte dringend was und das Geld vom Grüninger kam ihm gerade recht«, dozierte Häupl.

»Plausibel.«

»Genau.«

»Also, die letzte bekannte Adresse war vor fünf Jahren in Regensburg. Gleich morgen früh hake ich da mal nach. Während Sie beide gerade diskutiert haben, habe ich mal recherchiert. Der Name taucht nur unter der letzten bekannten Adresse auf. Aber, dass der da noch wohnt, bezweifle ich. Ich habe die Befürchtung, dass ihn die Sucht so viel kostet, dass er sich nur noch herumtreibt.«

»Sind Sie ein Spezialist auf dem Gebiet?«

Schatz hatte es eigentlich scherzhaft gemeint, aber der Oberwachtmeister gab ihm die Antwort mit ernstem Gesicht: »Leider müssen wir das hier sein. Drogen sind hier und vor allem direkt an der Grenze ein großes Problem. Ich glaube, in den einschlägigen Problemvierteln der Großstädte gibt es auch keine größeren Probleme.«

»Ja, verstehe.« Schatz war für einen Moment betroffen. »Aber jetzt müssen wir sehen, dass uns der Brockmann nicht durch die Lappen geht. Setzen wir die Nachtschicht in Regensburg drauf an. Wir würden nur Zeit auf der Straße verlieren.«

Häupl telefonierte und kurze Zeit später waren die Kollegen in der nicht ganz so großen Stadt bereits auf dem Weg zur angegebenen Adresse.

Letztendlich gab es das Haus nicht mehr. Und für die drei vollständig übermüdeten Beamten in dieser Nacht auch nichts mehr zu tun.

Die Fahndung lief und erst am nächsten Tag konnte man weitere Schritte unternehmen.

# Kapitel 9

Nachdem sie erst gegen zwei Uhr ins Bett gekommen waren, fiel der neue Morgen sehr verschlafen aus. Schatz wirkte zunehmend verknitterter, während Herzl aufzublühen schien. Er hatte die schöne Julia bereits am Morgen gesehen, als sie auf ihrem Weg zur Wache das Rathaus passierten.

»Mir scheint, dass sich da was anbahnt?«, frotzelte Schatz, der auf dem Beifahrersitz Platz genommen hatte, weil er ausnahmsweise keine Lust darauf hatte, selber zu fahren. Normalerweise ließ er sich ungern von Herzl chauffieren, weil der selten einsah, dass Verkehrsregeln auch für Polizisten galten.

»Scheint so.«

»Ist nett, die gute Julia, nicht wahr?«

»Ja.«

»Und beruht es auf Gegenseitigkeit?«

»Denke schon.«

Herzl war nicht in der Stimmung, über den Fortgang der Bekanntschaft mit der drallen Schönen zu sprechen. Seit dem gestrigen Abend schwirrte ihm der eine Satz im Kopf herum, den er selber losgelassen hatte: *Irgendwie ist der Schatz mein Partner*. Und das meinte er ganz und gar nicht beruflich.

Er schaute den Kollegen auf dem Beifahrersitz an.

»Sag mal, hast du nicht auch mal dran gedacht, eine längere Beziehung einzugehen? Das ist doch kein Leben, das wir führen.«

»Dran gedacht schon. Immer mal wieder. Aber dann kommt einer und sticht einen anderen ab und ich denke mir, ich bin eigentlich mit dem Job verheiratet.«

»Und mit mir.« Es war Herzl entwischt und in dem Moment, da es ausgesprochen war, hätte er sich ohrfeigen mögen.

Schatz sah ihn an. Sein Gesichtsausdruck wechselte von belustigt zu erstaunt. Schließlich schaute er wieder auf die Straße. Ernst.

»Scheiße, ja. Ich kenne dich besser, als ich jemals eine Frau kannte.«

»Kann es sein, dass wir nicht normal sind?«

»Bis jetzt dachte ich eigentlich schon, dass ich es bin. Bei dir hatte ich schon immer meine Zweifel«, scherzte Schatz mit Galgenhumor.

»Dabei dachte ich, dass du die Knalltüte bist.« Herzl ging auf seinen Ton ein.

Eine kurze Pause entstand, dann begann Herzl erneut: »Ich mag die Julia. Anders, als all die anderen, die ich mal da und dort aufgerissen habe – oder die mich aufgerissen haben. Sie ist so bodenständig. Ein wenig naiv, aber auf keinen Fall dumm oder einfältig. Nett einfach.«

»Tja«, machte Schatz, weil ihm nichts darauf einfiel.

Dann sagte er: »Wir müssen halt wieder zurück nach München.«

»Abgesehen von der Julia könnte ich es hier sowieso nicht aushalten. So viel Natur erschlägt einen doch. All die Bäume!«

Schatz war froh, den alten Herzl wiederzuhaben, und grinste nun doch.

»Ja, das ist mein Schorschi, so wie ich ihn mag.«
»Blödmann!«

Natürlich war Oberwachtmeister Häupl schon da. In frisch aufgebügelter Uniform und munter wie ein Fisch im Wasser. Bei seinem Anblick überkam Schatz ein erneuter Schwall tiefgreifender Müdigkeit, und auch das bekannte Ziepen im Bauch setzte wieder ein. Er hatte in den letzten beiden Tagen wenig gegessen und schob es nun auf eine Art Unterzuckerung, dass er sich zunehmend unwohler fühlte.

»Die Spurensicherung hat die letzten Fundstücke ausgewertet«, meldete Häupl eifrig.

»Und?« Schatz war unterwegs, um sich einen Kaffee zu holen und Herzl hatte den bevorzugten Platz am zweiten Schreibtisch eingenommen.

»Warten wir auf den schläfrigen Kollegen.« Häupl hatte keine Scheu mehr vor den Kriminalern.

Als Schatz sich mit seinem Becher auf den ungeliebten Außenplatz setzte, legte der Oberwachtmeister los.

»Also, die Zigarettenkippe vom Fundort Mauer gehört zum Grüninger Junior. Der hat die da wohl weggeschmissen. Unglaublich aber wahr, die DNA aus der Bodenprobe von der Mauer und die Zigarettenkippe von der Wiese sind identisch. Wenn wir davon ausgehen, dass keiner der Grüningers an die Mauer pinkelt und wir wissen, dass Grüninger Senior nicht geraucht hat, sollte die also zum Brockmann gehören.«

»Was eigentlich nur bestätigt, dass der Brockmann unser Mann ist. Was würde ich jetzt um einen Fingerabdruck am Messer geben.«

»Ich vermute, dass der Handschuhe angehabt hat.«

»Ja, klar hat der.«

Diesmal waren Häupl und Herzl am Kombinieren, während Schatz, der halb an der Wand, halb an der Lehne des Bürostuhls hängend, die Beine weit von sich gestreckt, im Halbschlaf zuhörte.

»Gut, rekonstruieren wir mal: Der Grüninger hat Angst vor der Krankheit und möchte sich rechtzeitig wappnen. Deshalb macht er sich schlau und versucht an dieses Midazolam zu kommen, aber in Ampullenform, weil er sich davon mehr verspricht. Er gabelt den Junkie auf und spricht ihn an. Der sieht eine Chance, ein wenig Geld zu verdienen, besorgt ihm den Stoff, weil man hier offensichtlich irgendwie alles bekommt. In der Mordnacht übergibt er ihm das Zeug und bemerkt, weil der alte Grüninger kein Profi und noch dazu naiv ist, dass der eine Menge Kohle in der Brieftasche hat. Dann will der Grüninger aber den Stoff testen und der Junkie, der geübt mit Spritzen ist, setzt ihm eine kleine Dosis. Dann macht er sich vom Acker. Aber er will ja an das Geld, weil er dringend einen Schuss braucht. Also sucht er nach einer Waffe. Logischerweise geht er dabei auf einem Bauernhof in die Wirtschaftsgebäude. Er findet die Messer relativ schnell, marschiert wieder rauf ins Schlafzimmer. Der Grüninger ist high, aber nicht weggetreten. Er ist dabei, sich für die Nacht zurechtzumachen oder was weiß ich. In seinem Nebel nimmt er den Brockmann nicht wahr und der sticht zu. Natürlich lässt er den restlichen Stoff nicht dort, weil der sich wieder verticken lässt und er sucht nach dem Geld. Dann haut er ab. Ende.«

»Warum lässt der Grüninger sich den Schuss setzen?«

»Zum Ausprobieren. Nur so viel, dass er eine Wirkung spürt.«

»Du meinst, weil der Grüninger sich nicht für blöd hält und sichergehen will, dass er auch guten Stoff erhalten hat.«

»Genau. Oder weil er einfach keine Ahnung hatte, wie man das spritzt und es sich hat zeigen lassen.«

»Jetzt bräuchten wir nur noch einen Beweis dafür, dass der Brockmann wirklich der Täter ist.«

»Hm.«

Schatz hatte sich vom Gequatsche der Kollegen berieseln lassen und mischte sich nun halbherzig ein.

»Wieso hat der nicht einfach seinen langjährigen Hausarzt gebeten, ihm Schmerzmittel oder so was zu besorgen? Laut Dr. Heiler gibt es Medikamente, die Krebspatienten im letzten Stadium verabreicht werden können.«

Herzl überlegte, dann antwortete er: »Er hat diesen Freund besucht und gesehen, wie der langsam und elend gestorben ist. Das wollte er nicht. Hast du ja vom Grüninger Junior erfahren. Und er wollte seiner Familie nichts sagen. Er wusste immerhin schon vier Wochen Bescheid und hat nichts verlauten lassen. Wer weiß, welch schräge Vorstellungen so ein alter Mann hat.«

Häupl nickte. »Mit meiner Oma war das jedes Mal ein Drama, wenn sie auch nur eine kleine Operation vor sich hatte. Sie war felsenfest davon überzeugt, dass man ihr die Organe entnehmen würde. Und sie war weder senil noch hatte sie Alzheimer. Ihr Standardspruch war: Wer weiß, was die mit mir treiben, die wollen doch nur lernen an mir.«

Schatz wiegte versonnen mit dem Kopf. »Schon richtig, Häupl. Alte Leute haben da oft eine recht seltsame Vorstellung von den Dingen.« Er stand auf und ging hinüber zur Pinnwand. Dort betrachtete er das Tatortfoto eingehend. Die anderen beiden schwiegen.

Schatz war plötzlich hellwach.

»Welche Schuhgröße hat denn der Brockmann?«

»Scheiße! Der Fußabdruck in der Blutlache!« Herzl sprang auf.

»Genau.«

»Vierundvierzig!« Häupl hatte in der Personenbeschreibung der Polizeidatei nachgesehen.

»So wie im Bericht der Spurensicherung! Der Abdruck war Größe vierundvierzig.«

»Der Fall ist gelöst, der Mörder flüchtig!«

»Ja, blöd jetzt.«

»Echt blöd.«

Sie setzten sich wieder und fielen in dumpfes Schweigen, das dann und wann von Schatz Schlürfen aus dem Kaffeebecher unterbrochen wurde.

Als er ausgetrunken hatte, knallte er den Becher mit Wucht auf die Schreibtischplatte.

»Ich will ihn aber haben! Er ist ein Junkie, verdammt. Wo findet man einen Junkie?«

»In der Szene?«

»Und wo ist die Szene?«

Schatz und Herzl sahen Häupl an.

»Ich würde mal im MauMau anfangen. Vielleicht treibt ihr dort einen auf, der den Brockmann kennt oder mitbekommen hat, dass der plötzlich zu Geld gekommen ist.

Eventuell könnte man ja auch mal in Regensburg auf die Piste gehen oder in anderen einschlägigen Lokalen«, zählte der beflissene Polizist auf.

»Wenn er das Geld benutzt hat um abzuhauen?«, wandte Herzl ein.

Häupl schüttelte den Kopf. »Glaub ich nicht. Der braucht die Kohle für die Drogen. Man könnte ja mal nachfragen, ob es gerade Midazolam oder Dormicum auf dem illegalen Markt gibt.«

»Dann machen Sie mal einen Bericht und leiern die Fahndung an. Damit heute Abend sämtliche einschlägigen Plätze und Lokale durchforstet werden«, beauftragte ihn Schatz.

Die Tür ging auf.

Polizeihauptkommissar Rödel gab sich die Ehre.

»Meine Herren, ich habe die dienstliche Pflicht, Sie von einer Anzeige in Kenntnis zu setzen. Falschparken. Herr Schatz, Sie wurden eindeutig identifiziert.«

Rödel grinste breit, Schatz rollte mit den Augen.

»Her mit dem Wisch!« Er entriss Rödel das Papier gleich selber. »Hat der Trapper keine Zeit verloren. Oder eigentlich doch. War ja schon gestern Nachmittag.«

»So so, Sie parken also vorsätzlich falsch! Das wird ja immer besser.«

»Ach Rödel, das blöde Gegrinse können Sie sich sparen. Sehen Sie lieber zu, dass Sie nach unserem Mörder fahnden. Wir haben ihn am Wickel, müssen ihn nur noch finden.«

»Wurde ja auch Zeit, dass Sie in die Puschen kommen.« Rödel klang verärgert und zog die Tür von außen zu, was Häupl Falten auf die Stirn trieb.

»Das hat ihm jetzt nicht gepasst, dem Chef. Ich glaube, der hat nicht damit gerechnet, dass wir dem Mörder überhaupt auf die Spur kommen. Oder besser: Er hat es gehofft.«

»Kann doch nicht sein. Er sitzt im selben Boot und kennt die Leute auch noch«, wunderte sich Schatz.

»Er fühlt sich in seiner Ehre verletzt. Ich glaube, ich habe schon mal erwähnt, dass er den Fall selber lösen wollte.«

»Dann ist das sein Problem, nicht unseres. – Lass uns mal die Fahndung organisieren.« Schatz hatte keine Lust, sich über den Obermotz Rödel den Kopf zu zerbrechen.

Bis zum späten Vormittag hingen sie am Telefon und mailten die verschiedenen Informationen an die Dienststellen, die unterstützend eingreifen sollten.

Da sie nur zwei Telefone hatten, fuhr Herzl hinaus zu den Grüningers, um ihnen die Freigabe der Leiche von Kurt Grüninger zu bestätigen und die Formalitäten zu klären.

Natürlich hielt er an der Gemeindekanzlei an.

Julia trug ein sagenhaftes T-Shirt mit dem Aufdruck eines Lebkuchenherzens auf der Vorderseite. Im Lebkuchenherz stand die Aufschrift »Sei mei Herzl«, was den Kriminaler erst einmal sprachlos machte.

Sie lachte. »Ich hab das Shirt scho lang daheim lieg'n ghabt. Heit früh hob i dran denkt und mir gsagt, ich muss des jetzt anziehn. Is witzig, oder?«

»Sehr witzig.« Er fand es eher rührend als witzig und wunderte sich aufs Neue über seine speziellen Gefühle, die er der entzückenden Frau entgegenbrachte.

»Und, wie schaugt's aus mit dem Mord?«, fragte sie, während sie um den Schreibtisch herumtrabte und ihm einen Kuss auf die Wange drückte. Ihre zauberhafte Vorderseite drückte sich gegen seinen Oberarm, was ihn vollends aus der Richtung brachte.

»Ich würde mal sagen, wir sind praktisch im Endspurt.«

»Naa, gwiss? Dann gehst ja wirklich bald weg!«

Ihre Bestürzung war ergreifend echt.

Sie wuschelte in seinem ohnehin selten geordneten Haarschopf herum und sah bedrückt aus.

»Ich hab doch schon mal gesagt, dass München nicht soo weit weg ist«, sagte er und dachte an die Zuckerrübenlaster und die Kühe.

»Ja mei«, sagte sie.

»Ja nun«, sagte er und endlich legte er seinen Arm um ihre Taille und zog sie zu sich heran. Er küsste sie, diesmal aber richtig und sie legte ihre Arme um seinen Hals.

»Ich habe gehört, dass der Fall praktisch gelöst ist?«, donnerte die Stimme des Bürgermeister-Schwagers hinter ihnen und sie fuhren auseinander.

Julia zog ihren Rock gerade und beeilte sich, wieder hinter den Schreibtisch zu kommen.

»Wehe, Sie werben mir meine Sekretärin ab. – Also, was ist nun mit dem Kurt sein' Mörder?«

»Buschtrommel, wie?« Herzl schälte sich vom Schreibtisch, der in diesem Vorzimmer sein natürlicher Lebensraum war, und wandte sich dem Bürgermeister-Schwager zu.

»Rödel. Wer sonst. Ist ja gut, dass einer einen informiert. Aber haben tun Sie ihn noch nicht, oder?«

»Die Indizien sprechen eine recht eindeutige Sprache. Jetzt müssen wir ihn bloß noch finden.«

»Dann suchen Sie ihn mal. Aber hier drin werden Sie sicher nicht fündig werden.«

Herzl sparte sich eine Antwort und machte sich vom Acker. Er hielt gegenüber beim Dorfmetzger, um sich und den anderen eine Brotzeit mitzunehmen, musste sich aber gedulden, weil der Laden voller Kunden warr.

»Mei«, jammerte gerade ein altes Weiblein, »des ist a Kreiz. Ständig mou i da Resl aafd Nerven gei. Bei uns do bist hold a Depp, wennsd nimma Autofohrn konnst. Do brauchst ständig a Ordonanz, wennsd wou hi moast.«

»Ja, mei, des is hold am Land aso. Do bist du ned de oanzige, Liesbeth.« Die übergewichtige Metzgersfrau reichte der Alten eine kleine Papiertüte.

Herzl lehnte sich gegen das Zeitschriftenregal, das gleich neben der Eingangstüre stand und sortierte das eben gehörte. Erstaunlicherweise hatte er sich inzwischen ein wenig akklimatisiert und erahnte zumindest in Grundzügen, was die Einheimischen so von sich gaben. Etwas vom Lamento der Kundin drang in sein Unterbewusstsein, doch noch bevor er darüber nachdenken konnte, war er an der Reihe.

Als er wenig später mit den Wurstsemmeln und den Colaflaschen ins Büro kam, überlegte er immer noch, dass da etwas war, worauf er gerade nicht kam.

»Jetzt hängt mir der Trapper tatsächlich ein Ticket an wegen der blöden Parkerei an der Wiese draußen.« Schatz hatte den Vorfall bereits mehrmals repetiert und Häupl war nahe daran, ihn ein wenig auszubremsen, da schlug sich Herzl vor die Stirn.

»Jetzt hab ichs!«, rief er aus und die beiden anderen schauten ihn verständnislos an.

»Was?«

»Was?«

»Wie kommt der Brockmann zum Grüninger? Die beiden Male, von denen wir wissen, dass er da war? Mit dem Bus? Dann müssen wir die Fahrgäste befragen, von denen sicher viele dieselbe Strecke regelmäßig fahren. Oder hatte er ein Fahrzeug?«

»Den Trapper fragen?«

»Den Trapper!« Herzl schaute beifallsheischend in die Runde.

Schatz nickte. »Ja, das hätte uns tatsächlich schon früher einfallen können. Also wieder einmal eine Hausfahndung mit den beiden Bildern und spezielle Nachfrage nach einem Fahrzeug. Und natürlich der Trapper.«

Nein, der Trapper hatte nichts. Kein Hinweis auf einen unbekannten Falschparker an diesem Mittwoch, als der Verdächtige sich mit dem Grüninger auf der Wiese traf. Auch kein Fahrzeug, das nicht nach Damling gehörte, jedenfalls nicht an dieser Stelle.

Schatz und Häupl, die nach der Begegnung mit dem Trapper unterwegs waren, um die Hausbefragung durchzuführen, hatten auch dabei keinen Erfolg.

»Schade um die schöne Idee.« Häupl saß am Steuer und fuhr vom Dorfrand her durch den Ortskern. Dabei passierten sie den Obstgarten der Grüningers, der hinter dem Stall lag und von der Straße aus eingesehen werden konnte. Die Frau Grüninger war unmittelbar an der Stallmauer mit einem Huhn zugange. An dieser Stelle stand auch ein großer Hackstock, in dem ein Beil steckte. Einige Haufen Feuerholz lagen drumherum verstreut. Eine Schubkarre lehnte an der Stallmauer.

»Was treibt die da mit dem Huhn?« Schatz beobachtete die kräftige Frau, wie sie das sich in Todesangst sträubende Huhn zwischen die Beine klemmte, es am Hals packte und ihm in einem raschen Griff denselbigen umdrehte. Genauso gezielt gelang ihr der anschließende Griff zum Beil, mit dem sie dem – hoffentlich inzwischen toten – Huhn, den Kopf abhackte. Der Kriminaler bekam eine Gänsehaut.

Häupl grinste. »Ganz schön hart, die Adele. Der würde ich schon auch zutrauen, dass sie ein Messer durch ein paar Rippen rammen könnte.«

Kaum, dass er es ausgesprochen hatte, sahen er und Schatz sich mit verblüffter Miene an.

»Welche Schuhgröße die Frau Grüninger Junior wohl hat?«, fragte Schatz.

Häupl bewegte den Kopf hin und her. »Die ist bestimmt einsachtzig groß und hat an die hundertfünfzig Kilo. Vierundvierzig könnte da schon drin sein.«

»Muss aber nicht. Nicht, dass wir uns da in was verrennen«, ruderte Schatz zurück.

Häupl passierte das Stallgebäude zu seiner Linken und bog links in die Hauptstraße ein. Dabei umfuhr er das Anwesen der Grüningers, so dass er vorne in den Innenhof lenken konnte. Die Frau Grüninger war immer noch hinter dem Stall zugange. Sie stiegen aus und gingen zur alten Frau Grüninger, die mit dem Rücken zur Haustür saß und ein bereits geköpftes Huhn rupfte. Sie trug eine blaue Männerarbeitshose und einen alten, löchrigen Pullover. Um den Kopf hatte sie ein Kopftuch gebunden.

Rundherum spielte der milde Wind mit den kleineren Federn, während die großen in einer Wanne zu ihren Füßen landeten. In einer anderen Wanne hatte sie schon drei gerupfte Hühner liegen.

»Gibt's heute Hühnerbrühe?« Häupl begann einen Smalltalk mit der Beate, während Schatz ins Haus ging.

»De Henna san old, de meisn weg. Mei Mo hod scho wieda neie gholt vom Riedlhof. Grod an dem Toch, wie er umbrocht worn is«, erzählte sie unbefangen.

Häupl überlegte angestrengt, womit er die alte Frau noch ablenken konnte, dann sagte er: »Der Riedlhof, das sind doch die Bio-Eier.«

»Pfeilgrod. Bio-Eier hob i dahoam a. Owa Henna ham de robuste. Do holn ma allaweil unsere junga Henna, wenn de oldn zum Wegramma san.«

Der Polizist schaute zur Tür, ob Schatz nicht schon wieder auftauchte, dann kratzte er sich am Kopf.

»Äh, Frau Grüninger. Was machen's denn mit den ganzen Hühnern?«

»Ein Teil kriagt der Alois fia sei Wirtshaus und de andern wern vokocht. Sie hams o grod scho gsagt: Hennabrei und so an Zeich.« Sie wischte sich mit dem Ärmel des Pullovers den Schweiß von der Stirn. »Wolln Sie wos Bestimmts?«

»Nein, der Kollege wollte bloß kurz noch einmal ins Schlafzimmer schauen, wegen der ... äh ... Abstände und so weiter.«

Sie schaute ihn argwöhnisch an.

»Sagen Sie, Frau Grüninger, der Kurt hat uns gesagt, dass der Hof sich kaum trägt. Muss da nicht einer noch was dazu verdienen?« Häupl fiel absolut kein besseres Thema mehr ein, da Schatz sich doch reichlich Zeit ließ, um die Familienschuhe zu begutachten.

»Der Kurt geht en da Frei en Schlachthof. Zum Vopacka vom Fleisch, des dann ausgliefert wird. Der fangt um viere o und kimmt um sieme. Dann mocht er an Stoll. Und die Adele macht Nachtwachen auf dera ... no ... Pall ... noja do bei de Pallotiner.« Sie winkte ab und Häupl zog die Stirn in Falten. Er überlegte angestrengt, wo es in der Gegend wohl ein Pallotiner-Kloster geben könnte. Dann ging ihm ein Licht auf.

»Meinen Sie vielleicht die Palliativstation?«

»Do woa de Leit sterm hold. – Kanntn Sie mir aus da Sunn gei? Do em Schattn wird's kolt, wenn ma bloß do sitzt.«

Häupl sprang zur Seite und sah Schatz glücklicherweise aus der Haustür treten.

Frau Grüninger drehte sich um, während sie das fertige Huhn in die Wanne zu den anderen warf.

»Und, hams die Abstände eizat?«

»Äh?«

Häupl sprang helfend hinzu. »Das ist das Problem mit den Kollegen aus der Stadt. De ham immer noch Schwierigkeiten, unseren Dialekt zu verstehen.«

Sie lachte: »Ja mei, bei uns do en da Stoapfalz red ma hold noch echt. Ned so gstölzt wei en engan Minga.« Und dann schnappte sie sich ein weiteres Huhn und setzte ihre Arbeit fort.

Häupl packte Schatz am Ärmel und zog ihn zum Auto, noch bevor sich ein weiteres Gespräch ergeben konnte.

»Stellen Sie sich vor: Die Adele arbeitet auf der Palliativstation und macht dort Nachtwachen. Davon habe ich ein keinem Bericht was gelesen.« Häupl berichtete davon, kaum dass sie das Dorf hinter sich gelassen hatten.

»Und sie hat vierundvierzig Schuhgröße. Ich habe Pumps gesehen, die im Flur standen und sicher sonst niemanden gehören können.«

»Haben wir dann die ganze Zeit in die falsche Richtung gedacht?«

»Aber wie passt der Junkie da jetzt hinein?«

»Fahren wir zur Wache und gehen es zusammen mit dem Herzl durch. Also, dem Herrn Kriminalkommissar Herzl, natürlich.«

»Verrenken Sie sich nicht, Häupl. Schad, dass Sie nicht mit nach München wollen. Sie würden gut in unser Team passen. Heller Kopf und gute Sprachkenntnisse.«

Schatz grinste Häupl an. »Aber was hat die Alte gemeint mit Stoapfalz?«

»Hier in der Gegend trifft der Oberpfälzer Wald auf den Bayerischen Wald. Steinpfalz ist ein anderer Ausdruck für die Oberpfalz. Hier wurde eine große Vielfalt an geologischen Schätzen gefunden, die für Forscher sehr interessant sind. Davon abgeleitet ist der Name ›Steinpfalz‹. Das jedenfalls sagen die offiziellen Quellen. Die alten Leute aber sagen, dass die Steinpfalz deshalb so heißt, weil man früher so arm war und zum Steinerweichen viel Arbeiten musste, um überleben zu können, und zum Steinerweichen wenig zu essen hatte. Das hat jedenfalls meine Oma immer so erzählt«, dozierte Häupl.

»Irgendwie kann ich mir schon vorstellen, dass Sie nicht von hier weg wollen. Sie lieben Ihre Heimat.«

»Sie werden lachen, Herr Schatz. Ich kenne viele junge Leute, die nach der Schule gerne einige Zeit weggegangen sind und dann trotzdem zum großen Teil wieder kamen. Man verdient hier zwar weniger, als anderswo, aber die Leute sind nett und umgänglich. Die Lebensqualität ist hoch.«

»Sie sind ein wandelndes Lexikon, Häupl.«

»Ach, ich les‘ halt viel. Vielleicht sollte ich mir eine Freundin zulegen.« Häupl lachte, wurde aber sofort wieder ernst.

»So, jetzt schaun wir mal, was der Herr Herzl zu all dem sagt.«

# Kapitel 10

Sie betraten die Wache nicht über den Vordereingang, sondern über die Personaltür, da sie Rödel nicht in die Arme laufen wollten. Dabei passierten sie den Kaffeeautomaten, an dem sich Schatz mit einem Becher Kaffee versorgte.

Herzl indessen war nicht allein im Büro. Als die beiden Kollegen den Raum betraten, waren sie fassungslos.

Am Schreibtisch saß Dieter Brockmann, ihm gegenüber am PC Herzl, der eifrig die Tastatur bearbeitete.

»Der Herr Brockmann hat herausgefunden, dass er heiß begehrt ist und dachte sich, er könnte mal auf einen Sprung vorbeikommen und die Sache klarstellen«, begann Herzl leicht ironisch. »Ich habe jedenfalls die Suche schon abgeblasen. Was der Herr Brockmann uns jetzt zu sagen hat, das können wir uns gleich mal gemeinsam anhören. Er ist erst an die zehn Minuten da.«

Schatz setzte sich auf den seitlichen Stuhl, Häupl stellte sich an das Fenster hinter dem PC-Schreibtisch, so dass er den unverhofften Besucher gut im Blick hatte.

Alle drei erwarteten nun ein Geständnis vom Verdächtigen – und eine Erklärung dafür, warum er nun freiwillig vor ihnen saß. Er wirkte hypernervös, knetete sich die Hände und den Nacken und sah aus, als würde er sich am Tisch festhalten müssen.

»Also, ich war‘s nicht!«, begann der Herr Brockmann und schaute jedem der drei lange in die Augen. »Aber den Kurt hab ich schon gekannt. Und mir tut's auch leid, dass er tot ist. Gestorben wäre er aber sowieso.«

»Woher wollen Sie denn das wissen?« Schatz übernahm die Führung bei dem Gespräch.

»Weil er mir gesagt hat, dass er todkrank ist. Und er wusste, dass ich schon mal was mit Drogen zu tun hatte. Da dachte er, ich könnte ihm was besorgen, dass er sich selber ... na, Sie wissen schon.«

»Und Sie haben ihm was besorgt?«

»Nein, eben nicht. Seit ich vor fünf Jahren bei den Diebstählen geschnappt worden bin, rühre ich keine Drogen mehr an. Damals konnte ich mir aussuchen: Knast oder Entzug. Klar ging ich in den Entzug. Sonst wäre es ein Entzug ohne Begleitung im Knast geworden. Also eh wurscht.«

»Woher kennen Sie sich eigentlich?«

»Ich wohne, seit ich damals entlassen worden bin, auf dem Riedlhof, dem Hühnerhof. Dort hat der Herr Grüninger immer seine Hühner geholt. So zweimal im Jahr. Und manchmal auch Weißkraut zum Sauerkraut machen. Normalerweise halte ich mich von den Leuten fern, weil ich nicht so gerne in der Öffentlichkeit bin. Also, die Leute machen mir Angst. Ich hab da seit dem Entzug Probleme. Aber beim Kurt war's was anderes. Während die Schwiegereltern ihm die Hühner, oder was er sonst wollte, verpackt haben, ist er im Obstgarten spazieren gegangen, dort wo ich meistens zugange bin. Da kommen normalerweise keine Leute hin und deswegen setze ich mich dort immer mit meiner Arbeit hin. Eier säubern, stempeln, verpacken, Gemüse putzen, Obst verlesen und so weiter. Der Kurt war ein ganz ruhiger und da bin ich dann auch ein wenig aufgetaut. Und vor ungefähr drei Wochen hat er mich gefragt, ob ich ihm nicht helfen könne, weil er sehr krank sei und auf keinen Fall so leiden möchte, wie ein Kumpel von ihm.«

Der Herr Brockmann war während seiner Aussage immer ruhiger geworden. Jetzt lehnte er sich sogar zurück.

»Sie sind dann bei ihm gesehen worden, auf der Wiese dort bei Damling«, half Schatz nach.

»Vor ungefähr zwei Wochen. Ich glaube, es war ein Mittwoch, weil ich da immer eine Radrunde drehe, wenn das Wetter passt. Schon seit langem. Mittwoch und Sonntag. Meine Lebensgefährtin, das ist die Frau Riedl, die weiß das und sagt, ich soll nur machen. Sie geht in der Zeit ins Schwimmbad. Weil Mittwoch kommt kein Kunde auf den Hof und Sonntag sowieso nicht.« Er hatte sich ein wenig verzettelt, schloss für einen Moment die Augen und sah aus, als würde er sich sammeln.

»Also. Ich habe ihn besucht. Wenn man den Waldweg vom Riedlhof her nimmt, dann kommt man ziemlich genau bei dieser Wiese raus. Ich wollte ja zu ihm auf den Hof, aber da habe ich ihn halt dort schon getroffen. Ich habe ihm gesagt, dass ich ihm vielleicht noch Hasch besorgen könnte, aber das andere Zeug ist schwierig. Und er wollte etwas, wo ihn eine Überdosis schmerzlos wegbeamt, quasi. Dann hat er gejammert, dass er rechtzeitig was braucht, wo er doch bloß noch bestenfalls ein paar Wochen hat und außerdem hat er jetzt schon Schmerzen und ich soll doch schauen, dass ich was kriege. Ehrlich gesagt, ich hatte nicht vor, noch einmal zu einem Dealer zu gehen. Und ich hatte schon gar nicht vor, ihn mit etwas zu versorgen, womit er sich umbringen könnte. Aber ich wollte ihm das nicht sagen. Stattdessen habe ich ihm vorgeschlagen, dass er doch zu seinem Arzt gehen soll. Der hätte bestimmt Mittel, die ihm die Sache erleichtern würde. Aber er meinte, das hätte er bei seinem Kumpel gesehen, wie solche *Sachen* aussehen würden. Man leidet auf jeden Fall. Er gab keine Ruhe und ich habe mit ihm ausgemacht, dass ich mal schauen würde, ob ich was kriegen könnte. Aber ich hab mir vorgenommen, ich komme in ein paar Tagen noch einmal und sag ihm, dass ich keinen Erfolg gehabt habe.«

»Und wann sind Sie dann zu ihm zurückgekommen?«

»Bei diesem Erntefest. Wir haben beim Treffen zuvor ausgemacht, dass ich da komme. Ich wollte mich zuerst drücken, bin trotzdem hingefahren, aber dann doch nicht aufs Fest gegangen. Genaugenommen wollte ich mich einfach raushalten. Und, wie gesagt, Menschen machen mir Angst. Aber wie ich so da an der Mauer steh, kommt so ein Gnom daher und meint, ich soll mich vom Acker machen. Hier gäb's nichts zu holen für Einbrecher. Der hat mich so erschreckt, dass ich wirklich abgehauen bin.« Jetzt knetete er wieder seine Hände und sah ziemlich mitgenommen aus.

»Wobei hat Sie der ... Herr ... erwischt?«

»Ich hab an die Mauer gepinkelt. Meine Güte, ich war nervös. Irgendwie im Stadium der Vorpanik. Wegen meiner Angststörung. Und ich bin den Leuten im Wirtshaus dann aus dem Weg gegangen. Das heißt, ich habe mich nicht überwinden können, da hineinzugehen. Da musste ich halt pinkeln!«

Schatz und Herzl wechselten einen bedeutungsvollen Blick. Das Blöde war, dass sich die Aussage absolut plausibel anhörte und mit den wenigen Details deckte, die sie hatten. Was Herzl noch nicht wusste, passte für Schatz durchaus dazu: Das Medikament konnte auch die Frau Grüninger Adele beschafft haben.

Zu Herzls Erstaunen stand Schatz auf und brach die Vernehmung an dieser Stelle unerwarteter Weise ab.

»Herr Brockmann. Sie sind unser Tatverdächtiger. Deshalb muss ich Sie für einige Zeit hier bei uns behalten. Oberwachtmeister Häupl, bitte nehmen Sie den Herrn Brockmann in Gewahrsam, belehren Sie ihn und er darf selbstverständlich jemanden anrufen.«

»Aber ich war's nicht, das glauben Sie mir schon, oder?«

»Wir werden sehen, Herr Brockmann. Wir werden sehen.«

Herzl durchbohrte Schatz mit stechendem Blick und stand ebenfalls auf, ziemlich sauer, wie sein Gesichtsausdruck vermuten ließ. Nach seinem Geschmack hakte sein Kollege viel zu wenig nach. Er atmete tief ein, um Schatz gehörig die Meinung zu sagen, doch Schatz winkte ab.

»Gleich, Georg. Jetzt versorgen wir erst einmal den Herrn Brockmann.«

Nachdem Häupl mit dem Delinquenten aus dem Raum gegangen war, setzte sich Schatz Herzl gegenüber und beugte sich nach vorn.

»Wir haben ein paar Neuigkeiten, die tatsächlich dafür sprechen könnten, dass der Brockmann das nicht war.«

»Wie jetzt auf einmal?«

»Die Frau Grüninger Adele hat Schuhgröße vierundvierzig, was dich wahrscheinlich nicht einmal wundern wird bei diesem Bild von einer Frau. – Und sie macht Nachtwachen in der Palliativabteilung des Krankenhauses. Dort, wo diese

Supermittel zuhauf herumliegen. Wir müssen jetzt mal feststellen, ob dort was abhanden gekommen ist in der letzten Zeit. Bevorzugt natürlich vor dem Mord.«

»Wieso wussten wir das bisher nicht?«

»Weil wir vor drei Tagen komplett übermüdet hier ankamen, viel zu viel Energie darauf verschwendet haben, uns über den Rödel zu ärgern und unseren Job deshalb nicht richtig gemacht haben. Die Grüningers zu fragen, was sie beruflich machen ist eine der ersten Fragen in so einem Fall.«

»Scheiße, ja!«

Herzl fuhr sich nervös mit der Hand über den Kopf. »Dann müssen wir jetzt schnellstens nachholen, was wir versäumt haben.«

»Also, was wissen wir über die Adele?«

Schatz holte sich ein jungfräuliches Papier heran und einen der dicken Filzstifte, die Herzl für seine Wand verwendete. Als er dabei an die Schreibtischkante stieß, fuhr ein stechender Schmerz durch seine Seite. Herzl bemerkte dies wohl, runzelte unbemerkt vom Kollegen die Stirn, sagte aber nichts.

Stattdessen zählte er auf: »Groß ist sie und stark. Und ziemlich kalt. Sie hat mich gefragt, ob sie das Messer, das im Alten steckte, zurückhaben kann. Weils teuer war.«

Schatz nickte und notierte. »Das passt dazu, absolut.« Dann sagte er: »Und sie hat die passende Schuhgröße und die Möglichkeit, an das Midazolam zu kommen. Da müssen wir im Krankenhaus noch nachfragen. Und ich habe heute gesehen, wie sie einem Huhn den Kopf umgedreht und ihn anschließend mit einem Beil abgeschlagen hat.«

»Gut, das soll im bäuerlichen Leben durchaus mal vorkommen. Aber was ist mit ihrem Alibi? Sie war auf dem Fest mit den anderen und kam zusammen mit ihnen zurück.«

»Da müssen wir auch noch mal genauer nachfragen. Auch da haben wir zu wenig explizit nach den Einzelheiten gefragt.« Schatz warf den Stift verärgert auf die Schreibtischplatte. »Ich habe mir einfach nicht vorstellen können, dass die braven Leute hier ihren Opa um die Ecke bringen. Ich habe mich voll von denen einwickeln lassen!«

Häupl kam zurück und war gedanklich noch bei Brockmann, den er eben in der Arrestzelle abgeliefert hatte.

»Der war das nicht. Nie und nimmer.«

Er schüttelte nachdrücklich den Kopf.

»Ich glaube auch nicht.«

»Ich auch nicht.«

Die anderen beiden schüttelten ebenfalls, halbwegs überzeugt, die Köpfe.

Häupl stand unschlüssig an der Tür. »Und jetzt? Machen wir uns an die Adele ran?«

Auf Herzl fragenden Blick hin erklärte Schatz: »Der Häupl hat mich erst auf die Frau Grüninger Junior gebracht. Also, machen wir unsere Hausaufgaben. Diesmal aber richtig.«

»Dann gehe ich mal ins Krankenhaus und schau mir die Situation dort an«, sagte Herzl.

»Und wir zwei besuchen die Grüninger-Sippe noch einmal. Mal sehen, wer wen auf dem Fest gesehen hat. Und wie lange.«

Herzl, dem die Palliativstation trotz der betont positiven und hellen Ausstrahlung gehörig aufs Gemüt schlug, fand seine Bestätigung recht schnell.

Die Frau Grüninger hatte bei ihrer letzten Nachtschicht vor einer Woche eine Packung Dormicum-Ampullen als zerbrochen gemeldet. Das war aufgezeichnet. Sie wurden verwendet für die Versorgung der schwerstkranken Patienten, um ihnen ihre letzten Stunden so angenehm wie möglich zu machen. Wobei angenehm ein dehnbarer Begriff war. Der Arzt erklärte Herzl, dass es oft die Angehörigen waren, die die Totkranken sediert sehen wollen, weil diese dann nicht jammern würden, also praktisch aus Eigennutz. Allerdings müsse man das dann doch wieder verstehen, weil die allermeisten der Angehörigen total am Ende waren nach der langen Leidenszeit ihrer Lieben.

Herzl hatte genickt und war froh, rasch wieder aus diesem bedrückenden Ambiente fliehen zu können. Er war im Streifenwagen unterwegs und würde nun einen Abstecher auf den Riedlhof machen, um ein paar Erkundigungen über den Verdächtigen einzuholen.

Die Frau Riedl war eine Dame Anfang dreißig. Ganz schlank und damit auch nicht unbedingt Herzls Fall, aber durchaus hübsch anzusehen.

»I hob den Hof vo meine Eltern übernommen. Die hölfan owa no fleißig mit. I konn hold koa Henna umbringa. Des muas dann da Papa mocha.« Sie lachte. »Scho bled, wenns'd an Hennahof host und koa Henna umbringa konnst. Bei mir dadn de alle old wern und a so sterm. Und da Dieter konn des erst recht ned.«

Herzl verstand in Grundzügen, was sie ihm zu sagen versuchte. Er stand im Hühnerdreck, weil er in einen der Freilaufbereiche stiefeln musste, in dem sich die Hühner aufhielten und munter gackernd ihre glitschigen Häufchen verteilten.

»Haben Sie dem Herrn Brockmann gesagt, er solle sich stellen?«

»I woas ja, dass er sowos nie und nimmer doa kon. Der konn ja ned amol a Henna ostecha, wie gsagt. Und dann soll er dem Opa Grüninger a Messer einegrammt hom? Unmöglich. Schaungs – i hob mir denkt, wenn Sie glaum, dass der Dieter des war, dann geit eana da richtige Mörder durch die Lappen.«

»Trotzdem müssen wir den Herrn Brockmann bei uns behalten, bis alles geklärt ist. Spricht halt vieles gegen ihn.«

»Dann dengats noch und iwaleng, wer do no sa kannt, der dem Kurt des odou heid kinna. Der Dieter wars jedenfalls ned.«

»Wie kam der an dem Abend eigentlich nach Damling?«

»I hob eam gforn. Er hod mir des erzählt, wos der Kurt vo eam wölln hod. Und do hob i gsagt, er mou dem Kurt des song, dass er, also da Dieter, des ned mocha konn.«

»Wieso, denken Sie, ist er nicht auf das Fest gegangen?«

»Der Dieter hod a Störung. Angststörung nennt ma des, glaub i. Der geht a ned zu de Kundn. Des mou i mocha oda meistens meine Eltern. Der hod seit seim Entzug Angst vor de Leit. Desweng doad er am leiwan Radlfohrn em Woid und geit ned mit mia Schwimma ens Bad. I glaub, koana do en da Gegend woas iwahabt, dass der Dieter do bei mir wohnt. Owa mit dem Grüninger-Opa, mit dem hod er sich o’gfreint. De ham kinnt midananda.«

»Ist das der Grund, warum die Leute ihn nicht erkannt

haben auf dem Phantombild? Auf dem, das Sie auch in der Zeitung gesehen haben?«

»I schatz scho. Dea is immer im Hintergrund. Ganz zurückzong. Nia öffentlich.«

»Wo haben Sie denn auf ihn gewartet an dem Festabend?«

»Em Auto. De Adele is direkt vo mir vorbeiganga, wei da Dieter aaf da andern Seitn mit dem Trapper zamgsteißn is.«

»Moment, die Adele ist an Ihnen vorbeigegangen? Wann war das und wohin ist die gegangen?«

In Herzl machte sich ein Hochgefühl breit, wie immer, wenn plötzlich das fehlende Puzzleteilchen angeflogen kam.

»Do em Wirtsgarten. Vorn rum, über de Straß kimmt man von der Hofseitn zum Haus. Do is der Dieter gstandn. Und hintenrum konn ma übern Obstgarten geh und kimmt iwan Hintereingang rein. Do is de Adele eine. De gengan eigentlich immer hintenrum vom Wirtshaus aus, de Grüningers. Weils kürzer is. Manchmal bin i do a mit aaf so an Wirtshausfest. Zwecks dem Gschäft. Doher woas i des. Mit dem Auto bin i an dem Abend genaugenommen fast mittn aaf da Straß gstandn. Weil Parkplotz hob i koan mea kreigt. Do war alles zouparkt.«

»War im Haus der Grüningers denn schon Licht, als Sie da standen?«

»Mia san vielleicht bloß zehn Minuten do gstandn. Der Dieter hod rumdo und wollt ned eine ens Wirtshaus zum Grüninger. Und in dera ganzn Zeit hod do omaaf a Leicht brennt.«

»Wo?«

»Na, oben eben. Oben rechts. I hob denkt, des is vielleicht des Kinderzimmer und de Adele schaugt noch de Kinder.«

»Wissen Sie noch ungefähr die Uhrzeit?«

»Na, dout ma leid, em Radio hams grod de Beatles gspölt, wei mia okemma san. De her i so gern.«

»Welcher Sender?«

»Ramidami. Dea is lokal und do ham mia a a Werbung vom Hennahof drin. Weil mia ham ja alles. Henna, Oa, Gmias, Kartoffe, Zwiebe und so wos alles. S'Gscheft lafft wirklich guat.«

»Frau Riedl. Sie haben jetzt nicht nur dem Dieter einen Gefallen getan. Würden Sie Ihre Aussage zu Protokoll geben? Sagen wir heute Nachmittag um vier Uhr? Bis dahin sollten wir wieder in der Wache sein. Vielleicht noch was: Haben Sie den Dieter eigentlich irgendwann aus den Augen verloren, während Sie da im Auto gewartet haben?«

»Naa, i hob me bloß iwa eam gärgert, dass er ned eine is en Wirtsgarten und des endlich erledigt hod mit dem Grüninger.«

»Wunderbar. Vielen Dank, Frau Riedl. Wir sehen uns heute Nachmittag.«

Herzl wars wurscht, in wie viel Hühnerdreck er trat und ob er vielleicht noch ein paar Schuhe würde kaufen müssen, so aufgekratzt verließ er das Gehege. Er fuhr rasch nach Damling, um dort die Kollegen bei den Grüningers zu treffen.

Der Fall stand vor der Aufklärung, da war er sich sicher.

# Kapitel 11

Herzl fuhr auf seinem Weg zu den Grüningers an der Wache vorbei, um einem der dortigen Kollegen den Auftrag zu geben, bei Radio Ramidami nachzufragen, wann am fraglichen Abend die Beatles gespielt worden waren.

Rödel lächelte süffisant, als er Herzl im Parteienbüro mit der Polizistin sprechen sah.

»Wolln's jetzt die ganze Wache übernehmen?«

»Ach, Herr Rödel, das müssen wir doch gar nicht mehr tun, das haben wir doch schon.«

Herzl lächelte ebenso ironisch zurück und machte sich wieder auf den Weg, nicht ohne zu bemerken, wie Rödel die Kinnlade herunterfiel. Schatz war vielleicht nicht geneigt, sich mit Rödel offen auszutauschen, aber er, Georg Herzl, würde sich von so einem sicher nicht den Schlaf rauben lassen.

Er grinste immer noch, als er in den geliehenen Streifenwagen stieg und wenig später bei den Grüningers vorfuhr.

Schatz' Auto stand schon im Hof. Herzl stieg aus und hielt auf die Haustür zu. Da läutete sein Handy. Er hielt inne und ging ran. Befriedigt schob er das Smartphone nach dem kurzen Gespräch in seine Jackentasche und trat nun endgültig in den dunklen Flur.

Die Stimmen leiteten ihn in die Wohn- und Essstube zu seiner Rechten. Er klopfte und öffnete die Tür.

»Guten Tag«, grüßte er verbindlich in die Runde. Kopfnicken war die knappe Antwort auf seinen Gruß.

Dort am Tisch saßen, genauso wie beim letzten Mal, die Grüningers auf der Bank und Oma Grüninger, Schatz und Häupl auf den Stühlen. Die Kinder waren diesmal nicht mit im Raum.

Herzl setzte sich auf den letzten freien Stuhl und wartete ab. Dass es nun eine Zeugin gab, die die Adele nach Hause hatte gehen sehen, wussten seine Kollegen noch nicht. Er wiederum wusste nicht, wen Schatz und Häupl dazu bereits befragt hatten. Adele Grüninger jedenfalls sah noch genauso gleichmütig aus, wie immer, wenn es um das Ableben ihres Schwiegervaters ging.

»Wir sind auch gerade erst angekommen«, sagte Schatz kurz zu Herzl, um ihm zu signalisieren, dass die Grüningers noch nicht mit dem ungeheuerlichen Vorwurf konfrontiert worden waren. Ebenfalls klar war damit, dass sie außerhalb bereits Befragungen durchgeführt hatten, weil sie – genauso wie er selber – seit gut einer Stunde unterwegs gewesen waren.

Was er nicht wusste, war, ob irgendjemand die Adele nun doch hatte weggehen sehen, wenn direkt nach ihr gefragt wurde.

Im Moment schwiegen alle für eine kurze Zeitspanne. Dann entschied Herzl sich für eine Finte und ärgerte sich, dass ihm das nicht früher eingefallen war.

»Entschuldigen Sie bitte. Ich würde gerne Ihr Bad benutzen, ist das möglich?«

»Hinter der Treppe links.« Kurt Grüninger deutet vage nach draußen.

Kaum im Bad angekommen, simste er Schatz im Telegrammstil die Aussage von Frau Riedl.

*Fr. Riedl hat Adele zur Tatzeit heimgehen sehen.*

*Krankenhaus: Adele hat Ampullen Dormicum zerbrochen gemeldet.*

Schatz las es eine Minute später, als sie sich am Tisch immer noch anschwiegen. Häupl beobachtete fasziniert die Reaktionen der Grüningers.

Kurt Grüninger war eindeutig irritiert und wartete gespannt auf die Eröffnung der Kommissare, dass sie den Mörder gefasst hätten. In etwa genauso wirkte die alte Frau Grüninger.

Adele jedoch wurde mit fortschreitender Zeit nervöser und nervöser. Zuerst wandelte sich in ihrer unbeweglichen Miene der Blick, indem ihre Augen gehetzt von einem zum anderen sprangen. Dann fing sie an, sich die für eine Frau enorm großen Hände zu kneten. Schließlich begann ihr ganzer Körper zu beben, da sie ihre Beine nicht mehr ruhig halten konnte.

Während die anderen beiden sicherlich vom Bürgermeister-Schwager schon informiert worden waren, dass der Gesuchte bereits in Haft war, und sie darüber erleichtert waren, musste Adele annehmen, dass sich mit der Verhaftung von Dieter Brockmann Fragen ergeben konnten, die vielleicht in ihre Richtung zeigten.

Herzl betrat wieder den Raum. Schatz nickte ihm zu und begann endlich zu sprechen.

»Nun gut, wir haben noch einige Fragen zum Abend des Mordes.«

»I hob denkt, Sie ham den Mörder schon eigfangt?«, fragte die alte Frau Grüninger mit Überraschung in der Stimme. »Was gibts do no zum frong?«

»Es gibt ein paar Unklarheiten. Wenn wir einen Mörder anklagen, dann muss alles stimmen, sonst kann die Anklage niedergeschlagen werden und der Mörder muss freigelassen werden. So ist das leider. Also brauchen wir ganz genaue Angaben und da fragen wir lieber einmal zu viel, als einmal zu wenig. Es ist unser Job.«

Herzl war klar, dass Schatz so umschweifig erklärte, weil er die Familie in Sicherheit wiegen wollte.

»Also, Sie haben ausgesagt, dass Herr Kurt Grüninger um 23 Uhr das Fest verlassen hat. Er war in aufgeregter Stimmung und hatte auch vorher schon ein Bierglas umgeworfen.«

»Genau.« Kurt Grüninger nickte.

»Woher wissen Sie diese genaue Uhrzeit?«, hakte Herzl ein, der Schatz die Information über das im Radio gespielte Lied noch nicht zukommen lassen konnte. Laut Angabe der Frau Tina von der Wache waren die Beatles exakt um 23.08 Uhr im Ramidami zu hören gewesen.

»Die Kirchturmuhr hat gschlang. Wir san ja em Wirtsgarten gsessn. Do heart ma de super iwa vo Niederdamling«, erklärte die alte Frau Grüninger. »I hob no gsagt: Kurt i kim mit. Owa er wollt ned. Passt scho, hod er gsagt. Feierts ruhig no a bissl.«

»Und Sie haben dann kurz darauf nach Ihrem Schwiegervater geschaut?« Schatz sprach Adele direkt an und tat so, als wäre diese Feststellung die natürlichste von der Welt.

Sie atmete vor Überraschung tief durch. Sowohl Beate als auch Kurt schauten sie vollkommen perplex an.

»Wie kommen Sie darauf?«, sagte Adele schließlich mit fester Stimme, nachdem sie sich wieder gefasst hatte.

»Weil Sie gesehen wurden, wie Sie hinten über den Obstgarten nach Hause gingen.«

Schatz tat immer noch so, als würde er lediglich eine unwichtige Feststellung treffen.

Die Detailinformation über den Obstgarten arbeitete in Adele. Da sie nicht dumm war, wusste sie, dass sie tatsächlich gesehen worden sein musste.

»Ich wollt nachschauen, wie's ihm geht. Der war ned so guat beieinander in der letztn Zeit.«

Das war praktisch schon ein Teilgeständnis und Schatz trumpfte nun auf.

»Sie haben ihm Dormicum gespritzt, nicht wahr?«

Sie riss ihre Augen auf und klappte regelrecht zusammen. So kalt sie die meiste Zeit wirkte, so wenig raffiniert war sie in Bezug auf Lügenkonstrukte.

»Er hat mi drum gebeten. Weil die Schmerzn immer schlimmer worn san.«

Sie sah beinahe flehentlich von einem Kriminaler zum anderen.

»Wos fir Schmerzn? Wos war los mit dem Kurt?« Die alte Frau Grüninger sah ihre Schwiegertochter entrüstet an.

»Mei Mama, er wollts dir halt ned sagen. Er hod an Krebs ghabt und koana hod eam mehr hölfa kinna.«

Adele hatte ihre kalte Gleichgültigkeit zur Gänze abgelegt.

»Und dir hod er des gsagt?«, wollte nun Kurt wissen, der ganz offensichtlich ebenso wenig Ahnung gehabt hatte wie seine Mutter.

»Er hod mi gfragt, ob i eam ned wos ... also ... er wollt halt ned so leiden wei sei Kumpel. Und er hod ja gwisst, das mia so ganz stoarke Schmerzmittel und so wos ham en da Owat.«

Die große, starke Frau war gerade komplett überfordert.

»Nun gut, Frau Grüninger. Dann erzählen Sie uns doch einmal, wie das jetzt abgelaufen ist.« Herzl zückte seinen Notizblock und wartete auf ihre Erklärung.

»So, wei i des gsagt hob. Er hod vom Doktor ghert, dass er an Krebs hod und nimma lang lem wird. Dass praktisch koana mehr hölfa kon. Und do hod er mi gfragt, ob i ned wos wisst. Und an dem Abend, do hod er mia a Zeichen gem, dass er es nimma ausholt und wos braucht. I hob des Dormicum scho zwoa Doch dahoam ghobt.«

Sie rang sich wieder die Hände und sah reichlich verzweifelt aus.

Für Schatz und Herzl war es eine ebenso anstrengende Situation, weil es einige Mühen kostete, die aufgeregte Frau zu verstehen. Sie bemühten sich dem bayrisch-Kisuaheli zu folgen.

»Dann hob i eam a kleanane Dosis gspritzt und gsagt, er soll si glei hileng.«

»Warum hat der Arzt ihm denn keine Medikamente verschrieben?«, fragte Schatz.

»Der Vatta is nimma zum Doktor ganga. Er hod gmoint, aaf d'Letzt doad ea eam no ens Krankenhaus und do vegetiert er dann dahi. Er wollt des sölwa end d'Hend nemma. Des Sterm hold.«

»Wie war denn Ihr Verhältnis zu Ihrem Schwiegervater?« Schatz wusste, dass diese Frage jetzt vollkommen unwichtig war, aber es interessierte ihn persönlich, was in so einem Menschen vorging.

»Guad. Wirklich. I hob eam wirklich gern ghobt. Owa andererseits sollt er hold ned leiden. Des wollt er a ned.«

Alle warteten darauf, dass sie weiter sprach, aber sie sagte nichts mehr.

»Und?«, fragte Schatz in Erwartung des eigentlichen Mordgeständnisses.

»Wos no?« Adele gab sich urplötzlich nüchtern wie immer. Ihr gehetzter Blick war verschwunden, die Hände lagen wieder entspannt auf dem Tisch. Praktisch von einer Sekunde auf die andere.

Alles wirkte recht seltsam. Sie wirkte recht seltsam. Fast schon entrückt.

Herzl und Schatz wechselten einen erstaunten Blick.

»Gut, Frau Grüninger. Wir nehmen Sie jetzt mit zur Wache und Sie geben das zu Protokoll.« Schatz war, ebenso wie sein Kollege, überzeugt davon, dass Adele die Täterin war. Aber der letzte Beweis fehlte ihnen noch. Zumindest ein Indiz, das in ihre Richtung wies. Mehr als die bloße Vermutung und die Tatsache, dass sie auch im Haus gewesen war.

Sah man von der Aussage der Frau Riedl ab, konnte genauso gut der Brockmann der Täter sein.

Schatz drehte sich noch einmal um, bevor sie mit Adele die Stube verließen.

»Wer von Ihnen wusste etwas von der Lebensversicherung?«

»Welche Lebensversicherung?« Kurt Grüninger zuckte mit den Schultern.

Er und seine Mutter saßen vollkommen paralysiert am

Tisch. Die Eröffnungen mussten für sie derart überwältigend sein, dass sie noch nicht in der Lage waren, das Gehörte zu verinnerlichen. Schatz kannte solche Verhaltensweisen, speziell von den Angehörigen der Mordopfer. Er hatte ausreichend Erfahrung mit derart makabren Begegnungen, wie mit der Frau Adele. Oder solchen bizarren wie mit den übrigen Grüningers.

»I kenn me ned aus mit dem Zeich!« Die Alte war die einzige, der die Kommissare tatsächlich glaubten.

Schatz sah Adele an, das hieß, er schaute zu ihr auf, da sie ein Stück größer war als er. »Und Sie?«

»Keine Ahnung!«

Er nickte. Sie verließen das Haus.

Auf der Wache führten sie die immer noch auf sonderbare Weise entspannte Frau Grüninger in ihr Büro und blieben noch kurz auf dem Gang stehen. Die Kollegin vom Parteienbüro übernahm die Aufsicht über die Verdächtige.

Schatz informierte Herzl kurz darüber, was sie bei ihren Befragungen erfahren hatten. Demnach wurde Adele Grüninger tatsächlich noch von der Kellnerin und auch ihrer Schwägerin gesehen, wie sie den Wirtshausflur hinabging. Beide nahmen an, dass sie den Weg zur Toilette einschlagen würde, aber ebenso gut konnte sie durch den hinteren Ausgang hinaus zum Obstgarten gelangen und von dort von der Frau Riedl gesehen werden, wie sie ins andere Haus hinüberging. Diese Aussage war also abgesichert.

Die Wirtsleute gaben außerdem zu Protokoll, dass sie nichts von der Lebensversicherung des Vaters wussten, nahmen aber übereinstimmend an, dass die Begünstigte ohnehin nur die Mutter sein konnte – falls überhaupt eine Versicherung existierte.

Herzl wiederum erzählte im Telegrammstil von der Aussage der Frau Riedl, die sich im Kern mit dem deckte, was Dieter Brockmann bereits zu Protokoll gegeben hatte. Außerdem berichtete er vom relativ genau zu bestimmenden Zeitpunkt, als die Frau Riedl die Adele Grüninger gesehen hatte, durch die Bestätigung des Radiosenders.

Schatz nickte und schickte Häupl und seinen Kollegen in ihr Büro.

»Ich muss nur kurz ein paar Takte mit dem Herrn Oberguru sprechen«, sagte er und die beiden anderen wussten, dass ihm die Indiskretion des Herrn Rödel gehörig auf den Senkel ging.

»Polizeihauptkommissar Rödel, auf ein Wort!« Schatz verhehlte seinen Ärger nicht, als er Rödel im Parteienbüro einfing und voraus in dessen Büro ging. Rödel wiederum war so irritiert über den Ton des Kriminalers aus der großen Stadt, dass er ihm sofort folgte, und an Schatz vorbeimarschierte, der die Tür hinter ihm schloss.

»Wie mir zu Ohren gekommen ist, haben Sie nicht gerade diskret über den Fortgang unserer Ermittlungen mit dem dörflichen Gemeindechef gesprochen. Ich denke nicht, dass ich jemanden Ihres Kalibers darüber belehren muss, dass dies absolut nicht geht!«

»Also, dass ...!«, Rödel suchte sein Heil im Angriff, doch Schatz hob die Hand zum Zeichen dafür, dass er jetzt am Zug war.

»Wir haben eben die Frau Grüninger Adele zur Einvernehmung im Büro sitzen. Ich wünsche nicht den geringsten Tratsch über diese Tatsache. Wenn ich mir vom Bürgermeister-Schwager noch einmal anhören muss, dass die Buschtrommeln trommeln was das Zeug hält und Ihr Name in diesem Zusammenhang genannt wird, dann wird dieser Kriminaler aus der großen Stadt Ihnen die Dienstaufsicht auf den Hals hetzen!«

Schatz drehte sich um und verließ das Büro, ohne Rödels Entgegnung abzuwarten.

In wenigen Schritten war er drüben in ihrem Behelfszimmer.

»Und?« Herzl sah ihn mit gespannter Miene an.

»Nichts und. Mal sehen, ob er noch hinterher kommt. Ansonsten hab ich ihn stehen lassen.«

Herzl grinste, wurde aber sogleich wieder ernst, als er die mit kühler Miene vor ihm sitzende Adele Grüninger betrachtete. Häupl hatte den seitlichen Stuhl genommen und Schatz musste sich nun wohl oder übel mit dem Stehplatz hinter Herzl begnügen, von wo aus er die Verdächtige, die am anderen Schreibtisch saß, gut im Blick hatte. Bis jetzt war er zu abgelenkt gewesen, um auf die Bauchschmerzen zu achten, die langsam aber sicher immer schlimmer wurden, aber nun meldeten sie sich in aller Härte. Er versuchte, seine Stellung zu verändern, was aber jeweils nur kurze Zeit etwas half.

Die Vernehmung musste anfangen.

»Also, Frau Grüninger, Adele, wir vernehmen Sie jetzt in der Sache wegen Ihres toten Schwiegervaters, Herrn Kurt Grüninger Senior. Ich lasse ein Tonband mitlaufen. Das ist doch in Ordnung?«, begann er in höchst dienstlichem Tonfall.

Sie nickte und sagte nach einer Pause: »Ja, schon gut.«

Offensichtlich ging sie noch immer davon aus, dass die drei Polizisten Brockmann als Täter ansahen. Schatz beobachtete sie genau. *Sie verkennt die Wirklichkeit!*, dachte er angesichts ihres überaus gleichgültigen Gesichtsausdrucks.

»Wiederholen Sie bitte noch einmal den Ablauf des Tatabends aus Ihrer Sicht. So, wie Sie uns das vorhin bereits erklärt hatten«, forderte Schatz sie nun auf und sie erklärte den ganzen Sermon noch einmal. In wunderschönstem Hochdeutsch, was die drei dann doch verwunderte.

»Gut, Frau Grüninger. Warum haben Sie uns das nicht schon vorher gesagt? Warum erst jetzt, wo wir es von selber herausgefunden haben, dass Sie Ihrem Schwiegervater außerhalb ärztlicher Anweisung ein Medikament gespritzt haben?«

Sie wirkte keinesfalls verlegen, als sie antwortete: »Na, weil das sonst den Verdacht auf mich gelenkt hätte. Gut, dass Sie jetzt den richtigen Täter schon haben, sonst wäre es doch so, nicht wahr?«

»Ich muss Ihnen sagen, Frau Grüninger, dass die Sache durchaus nicht so einfach liegt, wie Sie sich das gerade vorstellen.« Schatz erging sich in vagen Andeutungen, weil er gerade ein Netz spann, in dem sich Adele nach Möglichkeit verfangen sollte.

Die Vernehmung kostete seine ganze Konzentration und er musste sich zusammenreißen, um sein körperliches Befinden nicht die Oberhand gewinnen zu lassen. Ihm war schlecht und die Bauchschmerzen schienen immer schlimmer zu werden. Er atmete tief durch und fixierte Frau Adele.

»Also, Sie haben ihm das Medikament gespritzt und ihm gesagt, er solle sich möglichst bald hinlegen, nicht, dass ihm schwindelig wird.«

»Genau. Und so hoch war die Dosis dann auch wieder nicht. Er sollt' halt schlafen können.«

»Sie sind noch eine Weile da geblieben, um sicher zu gehen, dass er auch gut ins Bett kommt?«

»Äh, ja, also ... nein, ich bin wieder gegangen.«

»Wo haben Sie denn die Spritze und so weiter hingelegt?«

»In den Müll.«

»Im Haus?«

»Genau.«

»Aber da hat die Spurensicherung nichts gefunden. Also, wohin haben Sie die Sachen gebracht?«

Ihre Antworten kamen nicht mehr so schnell wie noch am Anfang. Sie überlegte.

»Also, wohin?« Schatz drängte sie, um nicht zuzulassen, dass sie zu viel überlegen konnte.

»Ich glaub' ich hab die Handschuhe ausgezogen, so über die Spritze drüber und hab das dann ... also, ich weiß nicht mehr, wo ich das hingeworfen habe. Vielleicht erst auf dem Weg rüber ins Wirtshaus, drüben in die Mülltonne, die da bei den Toiletten steht.«

»Wo jetzt?«

»Ich weiß es nimmer!« Der Blick wirkte wieder gehetzt, wie bereits in der Stube vorhin für ein paar Momente.

»Und die übrigen Ampullen? Wo sind die?«

»Hab ich mit zurück in die Arbeit genommen.« Die Antwort kam zu schnell und unüberlegt.

»Aber dann müssten Sie dort ja zugeben, dass Sie doch

nicht alle Ampullen zerbrochen haben?« Schatz Fragen wurden schärfer.

»Also ... die liegen noch im ... irgendwo halt. Vielleicht in unserem Schlafzimmer, vielleicht im Auto.«

»Das sind einige vielleichts, nicht wahr, Frau Grüninger?«

»Mei, der Vater ist erstochen worden. Da bin ich halt durcheinander. Ist ja in unserem Haus passiert. Und wir haben Kinder. Da ist es mir doch wurscht, wo das Zeug hin ist.«

»Vielleicht haben es die Kinder ja gefunden!«

»Nein! – Also, ich hoffe nicht. Ich muss da gleich nachschauen.«

»Sie hatten keine Ahnung von der Lebensversicherung?«

»Welche Lebensversicherung?« Jetzt begann sie, sich die Hände zu ringen. Und immer noch zu schnell zu antworten.

Schatz ließ sie nicht mehr aus den Fängen.

»Die Ihr Schwiegervater abgeschlossen hat. Wussten Sie davon?«

»Nein!«

»Das wäre doch eine schöne Summe für Ihren verschuldeten Hof gewesen. So eine Million Euro.«

»Warn doch bloß 500.000...« In dem Moment, da sie es aussprach, schlug sie sich mit der flachen Hand an den Mund.

Häupl verfolgte die Vernehmung mit höchster Aufmerksamkeit und Herzl meinte sogar, Bewunderung in seinem Blick zu erkennen.

»Ich dachte, Sie wussten nichts davon?«

»Später habe ich davon erfahren.«

»Ich habe Sie aber gefragt, ob Sie etwas davon wissen. Ich habe nicht gefragt, ob vor oder nach dem Mord.«

»Nach dem Mord.«

»Vorhin im Haus sagten Sie noch, Sie wüssten von nichts!«

»Hab ich halt vergessen.«

»Vergessen, so. Die zahlen bei Selbstmord nicht. Und eine Überdosis von dem Mittel wäre Selbstmord gewesen, nicht wahr? Und sterben musste er ja sowieso.« Schatz sprach, sich am Schreibtisch abstützend, im Stakkato und laut.

»Er wollte es gleich erledigt haben. Aber ich habe gesagt, ich mache das nicht.«

»Warum?«

»Weil ich dann dran gewesen wäre. Sterbehilfe ist verboten.«

»Mord auch.«

»Aber bei Mord wird gezahlt.« Das sprach sie jetzt laut aus und Herzl und Häupl hielten den Atem an.

»Sie hatten das Messer bereits bei sich. Da war niemand sonst im Haus. Außer Ihnen! Und Sie haben Ihrem Schwiegervater Sterbehilfe geleistet. Sterbehilfe der besonderen Art, nicht wahr?«

»Sie haben doch den Mörder!« Ihre Stimme wurde schrill. Sie hielt die Kante des Schreibtisches derart fest umklammert, dass die Fingerknöchel ihrer braungebrannten, faltigen Hand weiß hervortraten.

»Sie waren es, Frau Grüninger. Wegen der Lebensversicherung. Ich bin mir sicher, dass Sie nicht vorhatten, Ihren Schwiegervater umzubringen. Aber wenn er vorhatte, sich selber zu töten, hätte die Versicherung nicht gezahlt. In der

Police war Selbstmord explizit ausgeschlossen. Also haben Sie sich selber geholfen.«

»Ja, Scheiße!« Zu ihrer aller Erstaunen klärte sich ihr gehetzter Blick urplötzlich wieder und auch die angespannte Haltung entspannte sich. Genauso wie zuvor beim Gespräch im Grüninger-Haus.

»Es musste halt sein. Es war notwendig, weil ein Selbstmord halt nicht in Frage kam«, sagte sie in aller Seelenruhe.

»Hatten Sie das Messer schon dabei?«

»Es lag in der Küche, weil ich dort Fleisch zerkleinert hab. Ich bin runter, hab das Spritzenzeug hingelegt, das Messer sauber gemacht und neue Handschuhe angezogen. Dann bin ich rauf und da steht der Kurt, mit dem Rücken zu mir. Eigentlich hatte er sich schon hingelegt. Weiß nicht, warum der noch einmal aufgestanden ist. Wirkte gut bei ihm, das Dormicum. So hoch war die Dosis nicht, dass er gleich umkippen würde. Ich hab nicht lang nachgedacht. Er wollte sterben und er hat's bekommen. Der Kurt.«

»Was war mit dem Geld? Die zehntausend Euro?«

»Hab ich aus dem Geldbeutel raus. Die Berta von der Bank hat mich gfragt, was der Opa mit so viel Geld will. Wie man halt so redet. Daher wusste ich, dass der das irgendwo haben muss. Ich dachte, bevor es der Alois kriegt, weil die Beate dem Alois alles hint und vorn reingeschoben hat. Wir ham des Geld grad gut gebrauchen können, wo doch die Melkmaschine kaputt gangen ist.«

»Haben Sie kein Problem damit, die Mörderin Ihres Schwiegervaters zu sein?« Schatz hatte in seinem maroden Zustand gerade eine gefühlige Phase.

»Ich seh den Tod doch jedes Mal, wenn ich Nachtwach

mach. Die Leute sterm meistens nachts auf unserer Station. Glauben Sie wirklich, dass ich da noch ein Problem damit hab? Der Kurt hätt nicht krank werden dürfen. Dann wärs gut gewesen. Dann hätt ich ihn auch nicht erlösen müssen. Aber er wollt es halt so und ich hab des ständig vor Augen, wie es den Leuten geht, so ganz zum Schluss. Und es wär ja schad gewesen um die Lebensversicherung.« Sie zuckte mit den Schultern und sah eigentlich ganz zufrieden aus.

Schatz hingegen wirkte seltsam erschöpft. Er verscheuchte Häupl von seinem Stuhl und wies ihn an, die Frau Grüninger zu belehren und sie in Gewahrsam zu nehmen.

Erst als Häupl mit der Frau den Raum verlassen hatte, beugte er sich nach vorne.

»Scheiße, ich fühle mich schon die ganzen Tage nicht so gut, aber im Moment habe ich das Gefühl, dass meine Eingeweide zerplatzen. Mir ist so wahnsinnig schlecht.« Schweiß rann ihm von der Stirn und er hielt sich den Unterbauch.

Herzl war sofort alarmiert. »Ich fahr dich ins Krankenhaus. Du siehst aus, als hättest du einen Herzinfarkt.«

»Fühlt sich nicht so an. Aber Krankenhaus ist doch eine ganz gute Idee.«

Die Tatsache, dass sein Kollege sofort damit einverstanden war, verstärkte in Herzl den Eindruck, dass etwas ganz und gar nicht in Ordnung war.

# Kapitel 12

Der Weg bis zur Notaufnahme war kurz, aber nicht kurz genug für Schatz, der noch im Auto ohnmächtig wurde. Wenig später in der Notaufnahme stand immerhin die Diagnose relativ schnell fest: Blinddarmdurchbruch!

Schatz wurde noch in der gleichen Stunde notoperiert, was aber nicht bedeutete, dass er damit sofort über dem Berg gewesen wäre.

Herzl stand mit der Brieftasche seines Kollegen in der Hand am Schalter der Notaufnahme, um die Formalitäten zu erledigen. Um die Krankenkassenkarte zu finden, blieb ihm nichts anderes übrig, als die Brieftasche zu öffnen und danach zu suchen. Dabei fiel ihm der Ausweis von Robert Schatz in die Hände. Er diktierte der Schreibkraft das Geburtsdatum und stutzte. Als Geburtsort war Buchenriss angegeben, ein Nachbarort von Damling.

»Herr Herzl, bitte, haben Sie die Karte jetzt?« Die Tippdame war ungeduldig geworden.

»Äh, ja, Moment.« Er fingerte ein paar Karten aus den Schubern, bis er die richtige gefunden hatte.

Das war ja interessant! Schatz stammte aus der Gegend hier und hatte ihm noch nie etwas davon gesagt, nicht einmal, als sie diesen Auftrag bekommen hatten.

Die Dame sagte wieder irgendetwas, doch Herzl hatte kein Ohr für sie.

»Herr Herzl!!«

»Was denn?«

»Gibt es Familienmitglieder, die wir anrufen können?«

Gute Frage. Er wusste nichts von einer Familie. Keine Freundin, eine Frau schon gar nicht. Über Eltern oder sonstige Verwandte hatten sie nie gesprochen.

Dabei waren sie doch wie ein altes Ehepaar...

»Ich weiß es ehrlich gesagt nicht. Aber ich werde mich sofort dranhängen und etwas in Erfahrung bringen.«

»Tun Sie das. Die Lage ist durchaus ernst, wie mir der Arzt sagte«, mahnte sie ihn noch.

»Schon gut, ich bin schon dabei.«

Er rief seinen und Schatz' Chef an, der selber auch nichts wusste – außer Schatz' Geburtsort, den er zufällig einmal wahrgenommen hatte. Aber er versprach, sofort jemanden in Schatz' Wohnung zu schicken, um dort vielleicht auf Informationen zu stoßen.

Herzl atmete tief durch. Gerade eben hatten sie noch wegen eines Mordfalls recherchiert, nun musste er Verwandten seines Kollegen hinterherlaufen, weil es dem so schlecht ging. Er war hilflos.

*Irgendwie sind wir wie ein altes Ehepaar...*

Der Spruch verfolgte ihn.

Herzl fragte die Dame, wo er sich denn nach dem Zustand des Kollegen erkundigen könne und sie wies ihm den Weg zum Aufwachraum, nicht ohne jedoch noch einmal die fehlenden Informationen anzumahnen.

Er nickte zerstreut und folgte ihrer Wegbeschreibung. Dort angekommen meldete er sich bei einer Schwester an, zeigte seinen Dienstausweis und tat so, als wäre das Befinden von Robert Schatz von dienstlicher Relevanz.

Tatsächlich aber machte er sich die größten Sorgen.

Immerhin rief ihn sein Chef kurz darauf zurück, allerdings ohne einen Hinweis auf Angehörige. Schatz' Wohnung sei, so meinte der Chef, ebenso ordentlich und sortiert, wie der Kollege höchstselbst. Herzl versprach, sofort anzurufen, wenn er mehr über Schatz' Befinden erfahren würde.

Tatsächlich hielt nach einer unendlich langen Wartezeit ein Arzt auf ihn zu.

»Sind Sie der Kollege unseres Notfalls?«

»Richtig. Wie geht es ihm?«

»Ich bin Dr. Müller. Es geht ihm den Umständen entsprechend. Der Blinddarm war erst kurz zuvor perforiert, so dass wir eine relativ schonende Operationsmethode anwenden konnten. Natürlich müssen wir ihn jetzt dahingehend überwachen, ob sich nicht doch eine Entzündung bildet. Allerdings gehe ich nicht davon aus. Ich schlage vor, dass Sie am späteren Abend noch einmal vorbeischauen. Dann könnte er schon wieder entsprechend orientiert sein.«

»Und wie lange wird er hierbleiben müssen?«

»Das kann ich Ihnen zum jetzigen Zeitpunkt noch nicht sagen. Vielleicht nur ein paar Tage, vielleicht aber eine Woche oder noch länger. Es kommt darauf an, ob wir ihn rechtzeitig erwischt haben. Warten Sie noch ein, zwei Tage, dann werden wir Genaueres wissen.«

»Vielen Dank, Herr Doktor. Dann werde ich mal unseren Chef anrufen.«

Der Arzt nickte ihm noch zu und Herzl klemmte sich sofort an sein Smartphone. Nachdem er dem Chef Bescheid gesagt hatte, fiel diesem ein, nach dem laufenden Fall zu fragen.

»Ist gelöst. Wir haben den, respektive, die Mörderin. Es war die Schwiegertochter des Toten, wobei der Fall an sich nicht so einfach liegt. Ich werde den Bericht abschließen und Ihnen dann zumailen.«

»Dann kommen Sie zurück. Es wartet einiges an Arbeit auf Sie.«

Herzl war wütend. Erst wurde er mitten in der Nacht aus dem Schlaf gerissen, um im bayrisch-Kongo einen Fall zu lösen, nun sollte er mir nichts, dir nichts wieder zurückfahren.

»Tut mir leid, Chef. Ich lasse den Kollegen jetzt nicht alleine hier. Falls nötig, nehme ich Urlaub.«

»Nicht genehmigt. Sie kommen zurück. Morgen stehen Sie auf der Matte!«

»Abgesehen davon, dass ich für den Bericht noch einiges an Indizien zusammentragen muss, werde ich meinen Arsch nicht hier wegbewegen, bis Berts Arsch auch im Auto sitzt.«

»Nun aber mal langsam...«

»Die Verbindung wird gerade furchtbar schlecht. Sie hören von mir.«

Herzl wischte mit dem Daumen über das rote Telefonsymbol und schaltete das Smartphone auf lautlos. Für heute war er sicher nicht mehr erreichbar.

Inzwischen war es später Nachmittag geworden. Es war nicht gelogen gewesen, dass noch einige Schreibarbeiten nötig waren, um die Akte wirklich prozessfähig abzuschließen. Allerdings hatte er komplett den Termin mit Frau Riedl vergessen, die gerade bei Häupl im Büro saß, als Herzl eintraf. Sie musste bereits eine Stunde gewartet haben.

»Frau Riedl, tut mir wirklich leid, aber wir hatten einen Notfall. Wenn es Ihnen nichts ausmacht, könnten wir das Protokoll jetzt noch aufnehmen.«

»Eh klar, und den Dieter konn i wieda mitnehma, hob i gherd?«

Herzl sah Häupl durchdringend an. Brockmann hätte längst entlassen werden müssen. Der Oberwachtmeister zuckte mit den Schultern.

»Sie haben nicht mehr unterschrieben und Rödel hält sich raus.«

»Es tut mir leid, Frau Riedl. Ja, die Sache hat sich geklärt und Herr Brockmann kann selbstverständlich wieder nach Hause gehen. Abgesehen davon haben Sie beide uns sehr geholfen.«

Er verscheuchte Häupl von seinem angestammten Platz am Computer und setzte sich selber dahinter.

»Häupl, Sie können nach Hause gehen, wenn Sie möchten. Morgen machen wir dann den Bericht und vernehmen die restlichen Zeugen, die relevant sind.«

»Wie geht's denn dem Herrn Hauptkommissar?«

»Ist wohl über dem Berg. Es war ein Blinddarmdurchbruch und doch reichlich gefährlich. Aber jetzt kann er sich ein wenig im Krankenhaus ausruhen. So lange bleibe ich auf jeden Fall da. Ich hab meinem Chef gesagt, dass ich nicht eher zurückkomme, bis unsere beiden Ärsche im Auto sitzen.« Herzl grinste.

Häupl grinste auch. »In diesen Worten?«

»Genau so!«

»Dann wird sich eine gewisse Blondine sehr freuen, nehme ich an.«

Herzl warf Häupl einen fragenden Blick zu. »Und woher…?«

»Ich bin doch nicht blöd. Glauben Sie, ich hätte das nicht gemerkt? Na, wie auch immer. Ich geh dann mal. Bis morgen.«

Herzl nickte, immer noch grinsend, und wandte sich dann seiner Kundschaft zu.

»Also, Frau Riedl. Dann wollen wir mal. Zuerst die Personalien…«

Er tippte mühsam die Aussage der Frau Riedl zusammen und ärgerte sich darüber, dass er Häupl, der ein Ass im 10-Finger-System war, nach Hause geschickt hatte. Letztendlich lagen das Protokoll und auch der Entlassungsbericht, den Herrn Brockmann betreffend, in unterschriftsreifem Zustand vor.

Inzwischen war es an der Zeit, noch einmal ins Krankenhaus zu fahren, um den Kollegen auf dem Laufenden zu halten.

Der lag bereits in einem normalen Zimmer, zusammen mit einem anderen Patienten, der allerdings die Kopfhörer für das Fernsehprogramm übergestülpt hatte und den Besucher gar nicht beachtete, als der den Raum betrat.

»Servus, Bert. Mensch, heute Nachmittag dachte ich schon, alles ist zu spät.«

Schatz lag etwas erhöht und arg käsig in seinem Krankenbett und hatte einige Infusionsflüssigkeiten über sich hängen, die sich in einem Tropf in seinem linken Arm vereinten. Das ausgewaschene Krankenhausnachthemd hing an ihm wie ein Putzlumpen.

»Das erste Mal, dass ich zusammenklappe. Obwohl ich die ganzen letzten Tage schon so fertig war. Ich dachte, das liegt an der durchgemachten Nacht.« Er atmete tief durch, weil er noch angezählt war von der Narkose. Seine Stimme klang schleppend.

»Und wie geht's dir nun?«

»Och, wie in Watte. Ist irgendwie alles recht lustig und locker.«

Herzl grinste. »Ist noch die Narkose. Warte nur, morgen findest du das nicht mehr so lustig.«

»Ist ja auch wurscht. Wie geht's mit dem Fall?«

»Abgesehen davon, dass dich das jetzt gar nicht interessieren soll, ist er praktisch abgeschlossen. Häupl und ich werden morgen noch die Protokolle und den Bericht fertig machen und schauen, was uns an Zeugenaussagen noch schriftlich fehlt. Der Brockmann ist wieder entlassen und die Frau Adele ist in Haft. Du siehst, alles im grünen Bereich.«

»Gut.« Schatz war offensichtlich unendlich müde.

»Ich bin gefragt worden, ob wir jemanden verständigen sollen.« Herzl war neugierig.

»Keinen. Keine Eltern mehr und keine Geschwister. Außerdem habe ich nicht vor, wegen eines Blinddarms abzutreten.«

»Schon gut. Brauchst du noch was?«

»Du kannst mir meine Klamotten aus dem Hotelzimmer zusammenpacken und herbringen. Vielleicht schaffst du es, deine Julia dazu zu überreden, dass sie dich an ihre Waschmaschine lässt. Ich brauche Schlafzeug und Unterwäsche.«

»Klar, bringe ich gleich morgen früh. Also, mach's gut – und gute Besserung.«

Schatz hob die Hand, um zu signalisieren, dass der Kollege noch warten solle. »Der Chef wird dich zurückhaben wollen, schätze ich?«

»Nein, der ist friedlich. Ich kann bleiben, bis wir zusammen wieder zurückfahren können«, log Herzl.

»Seltsam.« Schatz fielen die Augen zu und Herzl machte sich vom Acker, um erst einmal ins Wirtshaus zurückzufahren. Er wusste nicht, ob man ihn dort nicht ausquartiert hatte, nachdem sie die Schwägerin ins Gefängnis geworfen hatten.

Man hatte nicht. Allerdings war die gesamte Familie um den Stammtisch versammelt und löcherte ihn mit Fragen, nachdem er die Gaststube betreten hatte.

Er informierte sie, so gut es ihm möglich war, pochte jedoch auf das Dienstgeheimnis. Letztendlich ließ er die ganze Mischpoke sitzen und ging, um Schatz Koffer zu packen und das Zimmer zu räumen. Er hatte bereits Bescheid gesagt, dass er nur noch sein Zimmer benötigen würde.

Kurze Zeit später – inzwischen war es nach zehn Uhr – stand er an Julias Wohnungstür. Er hatte sie angerufen, um sie um die Waschmaschine zu bitten und sie hatte sofort zugesagt.

»Servus, Georg. Jetzt hätt ich gar nimmer mit dir gerechnet!«

Julia trug ihr dickes Haar in zwei Zöpfen geflochten und selbstgestrickte Socken an den Füßen. Dazwischen verhüllte ein Flanellpyjama ihren appetitlichen Körper, leider ein wenig zu sehr, wie Herzl leicht enttäuscht feststellte. Andererseits bändigte kein BH die prachtvolle Vorderseite, was schon wieder ausnehmend reizvoll wirkte.

»Jetzt komm. Die Waschmaschine is in der Küch'. Da stecken wir jetzt das Zeug rein und warten, bis sie fertig is. Dann hänge ich sie auf und bis morgen sollte das dann einigermaßen trocken sein. Trockner hab i leider ned«, erklärte sie hilfsbereit und füllte bereits die Trommel.

»Prima. Ist schon blöd, wenn man mit kleinem Gepäck unterwegs ist und man findet sich plötzlich eine Woche im Krankenhaus wieder.«

»Vielleicht solltest ihm einen neuen Pyjama kaufen? Der hat doch nur einen dabei.« Sie war ganz die umsichtige Sekretärin.

»Hab ich mir auch schon gedacht. Einen Pyjama und noch Unterwäsche. Und auch Handtücher, weil der überhaupt keine dabei hat. Kriegt man ja normalerweise im Wirtshaus.«

»Die leih i ihm. Kein Problem. Wart, i pack dir des glei zusammen.«

Sie packte, und obwohl er sich wünschte, dass sie ihn gleich mit dazu einsammelte, hielt er sich mannhaft zurück. Wenngleich er sich selbst nicht mehr erkannte – Draufgänger wie er normalerweise war. Aber diese Julia hier, die konnte ihn um den Finger wickeln. Und auch hinhalten. Das tat sie, mit Wonne, wie es ausschaute. Er seufzte laut und sie wandte sich ihm zu.

»So schlimm?«, fragte sie lächelnd.

»Ach, ein langer Tag«, flüchtete er sich in eine Floskel.

»Setz di ins Wohnzimmer. Ich bring uns an Tee und was zum Essen.«

Er zog ab und setzte sich wie befohlen auf die Couch. Sie rumorte in der Küche herum und auch das gleichförmige Geräusch der Waschmaschine drang zu ihm herüber. Eine Weile kämpfte er dagegen an, aber irgendwann fielen ihm die Augen endgültig zu. Ohne weiter darüber nachzudenken, kippte er seitlich auf die weichen Sofakissen.

Als sie wenig später mit Tee und Broten ins Wohnzimmer kam, war er eingeschlafen. Sie grinste und deckte ihn mit ihrer weichen Kuscheldecke, die sie immer auf der Couch liegen hatte, zu.

Er erwachte am frühen Morgen, gestört von lautem Vogelgezwitscher. Julia saß bereits am Wohnzimmertisch und hatte ein fürstliches Frühstück aufgetischt.

»Warum sind die Vögel so laut?« Er war dermaßen irritiert darüber, dass er in eine Decke gewickelt auf einer fremden Couch lag, dass er nur das Naheliegendste wahrnahm.

»Die rotten sich zamm, um vorm Winter no abzuhaun. Sind eh spät dran.«

Julias Haare hingen ihr noch feucht von der Dusche über die Schultern. Ansonsten war sie aber bürotauglich angezogen. Sie grinste ihn an.

»Ehrlich g'sagt, hat des auch noch keiner gebracht, auf meiner Couch einzuschlafen. Da hast du meine volle Hochachtung, Schorschi. Die meisten hätten sich in mein Bett gedrängt!« Sie goss ihm Kaffee in eine Tasse.

Er setzte sich auf und fuhr sich durch die Haare und über das Gesicht, spürte die Bartstoppeln, die sich dort morgens breitmachten. Schorschi konnte nur ahnen, wie zerknittert er aussah und fand den Gedanken, so vor der appetitlichen Julia zu sitzen, gerade fürchterlich.

»Ehrlich gesagt, habe ich auch noch auf keiner Couch eingeschlafen, wenn im Bett jemand liegt, der derart lecker ist.«

»Ach, so ist es mir schon lieber. Nach drei Tag‘ find‘ i ned so gern jemanden in meim‘ Bett. Jetzt iss, i muss glei ins Büro.«

Julia biss herzhaft in ein Honigbrötchen. Herzl fand es zauberhaft, mit wie viel Inbrunst, sie das kalorienhaltige Teilchen verspeiste.

»Was hat denn der Bürgermeister gesagt über die ungeheure Eröffnung, dass es die Adele war?«, fragte er, um ein wenig über die Stimmung im Dorf zu erfahren, und um über sein zerrupftes Aussehen hinwegzutäuschen.

»Der hat das erst am späten Nachmittag erfahren, als sie den Kurt angrufen hat und gsagt hat, dass sie eingsperrt wird. Ja, des war scho a Hammer! I kanns gar ned glaum.«

Sie schob sich den Rest ihrer Semmel in den Mund und leckte sich die Finger ab. Herzl schnaufte tief durch und seufzte vernehmlich.

»Nimmst du immer so viel Anteil an euren Morden und an den Mördern?«, deutete Julia sein Stöhnen vollkommen falsch.

Er riss sich zusammen.

»Ich glaube gar nicht, dass sie es aus absoluter Böswilligkeit getan hat. Die Umstände waren einfach so...«, brachte er mühsam hervor und zwang sich, nicht auf ihre Finger zu schauen. Nun schwieg er, um in seiner Unkonzentriertheit nicht womöglich Dienstgeheimnisse auszuplaudern.

»Weiß schon: Du darfst nix sagen. Kein Problem. Morgen steht wahrscheinlich eh alles genau in der Zeitung.«

Daran hatte Herzl noch gar nicht gedacht. Bisher hatte stets ihr Chef die Presse übernommen. Nun musste er erst einmal herausfinden, wer dies in diesem Fall tat. Es schien doch noch etwas komplizierter zu werden, als er gestern noch gedacht hatte. Vor allem, da nun Schatz für einige Zeit ausfiel.

»Was ist mit der Wäsche?«, erkundigte er sich.

»Fertig. Und trocken. Wenn du an eurer Hauptwache vorbeifahrst, dann kommst du in eine Art Einkaufsmeile. Dort stehen alle Discounter und so Zeug. Da findest du auch einen Klamottenladen. Da kannst den Schlafanzug und die Unterwäsch' kaufen.«

»Ja, danke. Für alles, Julia. Ich glaube, dort draußen habe ich mir auch meine Schuhe gekauft, als ich mit den alten eingeschöpft habe. Übrigens: Die gute Nachricht ist, dass ich noch wenigstens eine Woche da bin. Jedenfalls so lange der Schatz im Krankenhaus ist.«

Ein breites Lächeln zog sich über ihr Gesicht. »Prima! Dann geht's heut Abend wieder zum Pizzaessen?«

»Ja, Stefano wird's freuen!«

»Seinen Chef wahrscheinlich weniger. Keinen Stil haben die Kriminaler aus der großen Stadt!«

Sie erhob sich und auch er stand auf.

»Du bist wirklich ganz was Besonderes, Julia!« Herzl hatte keine Ahnung, warum etwas in ihm ihn nötigte, das zu sagen, aber er meinte es durchaus ernst. Allein der Gedanke, was nach der Woche Galgenfrist sein würde, machte ihn nervös, vorsichtig ausgedrückt.

Sie lachte und strich sich eine vorwitzige Haarsträhne aus dem Gesicht. »Du auch, Schorschi. Du auch, ehrlich!«

Fürs Erste mussten sie beide aufbrechen.

Kurze Zeit später hatte er die Wäsche gekauft und war mit den neuen und den gewaschenen Sachen und den geliehenen Handtüchern auf dem Weg ins Krankenhaus. Schatz wartete schon auf ihn.

»Endlich. Ich dachte, ihr wollt die Berichte heute fertig machen? Ist schon zehn durch. Wohl nicht aus den Federn gekommen?«

Schatz trug noch immer den Krankenhauskittel, der sich selbst bereits überlebt hatte, und hatte schon wieder etwas Farbe im Gesicht.

»Auch dir einen wunderschönen guten Morgen, *Schatzi*!« Herzl packte den Inhalt der Reisetasche in Schatz Schrank und erklärte, was er alles mitgebracht hatte.

»Gut, danke.« Schatz war gedanklich schon wieder bei ihrem Fall. »Wer wird eigentlich die Presse informieren?«

Schatz hatte sich vorsichtig aufgesetzt und schaute Herzl an, der sich einen Stuhl herangezogen hatte.

»Genau die Frage habe ich mir auch schon gestellt. Wir waren bisher ja irgendwie im luftleeren Raum unterwegs.«

»Den Rödel kannst du schlecht fragen, wirst also unseren Chef anrufen müssen.«

»Da würde ich noch lieber den Rödel fragen«, gab Herzl zurück, der an das Telefongespräch vom Vortag dachte.

»Niemals!« Schatz Ton verriet, dass er heute auf Krawall gebürstet war.

»Ist wohl nicht mehr alles lustig und locker heute?«

»Ach, scheiße. Ich sitze hier drin. Dabei könnten wir doch wieder nach Hause fahren, wo der Fall doch gelöst ist. Und irgendwie tut mir alles weh.«

Herzl wollte schon einen dummen Witz reißen, unterließ es dann aber.

»Na, dann werde ich den Gruber eben anfunken und nachfragen, wie das nun ist mit der Presse.« Er seufzte. »Ich geh dann mal. Brauchst du noch was?«

»Nein, und danke. Vielleicht kommst du am Abend noch mal wieder, wenn ich wieder bessere Stimmung habe.«

Herzl schmunzelte. »Passt schon, Bert!«

Häupl war beherzt bei der Arbeit. Er hatte auf dem leeren Schreibtisch Unterlagen ausgebreitet und eine Liste gemacht, was noch zu erledigen war.

Mehrmals hatte die Presse bereits angerufen und er hatte es geschafft, sie bis jetzt hinzuhalten.

»Mei, Herr Herzl, endlich. Die Presse gibt keine Ruhe mehr. Die wissen, dass wir die Adele eingekastelt haben und wollen jetzt eine Erklärung.«

»Woher wissen die denn das? Hat der Rödel wieder ...?«

»Nein, glaube ich nicht. Ich glaube, das haben wir diesem unglaublich diskreten Bürgermeister-Schwager zu verdanken. Oder einem anderen aus der Familie. Oder auch aus dem Dorf. Da kann nichts geheim bleiben.«

»Ich weiß momentan noch gar nicht, wer die Presse offiziell informiert. Ist eh ein Wunder, dass die bis jetzt nur diesen ersten Artikel über den Mord an sich veröffentlicht haben.«

»Ich glaube, der Schatz hatte mal mit einem gesprochen und gesagt, dass sie schon informiert werden würden, wenn es etwas Neues gibt. Und zwischendurch haben sie ja das Phantombild bekommen. Jetzt geben sie aber keine Ruhe mehr.«

»Ja, schon gut. Ich werde mich mal bei meinem Chef erkundigen.«

Herzl holte sein Smartphone heraus und suchte Grubers Nummer, als Häupl noch einmal zu reden begann.

»Zahlt die Lebensversicherung bei Mord wirklich?«

Herzl schaute ihn überrascht an, dann überlegte er.

»Wir hatten schon mal so einen Fall. Damals hat die Lebensversicherung gezahlt, weil der Begünstigte der Ehemann war und nicht der Enkel, der die Oma um die Ecke gebracht hatte. Das war auch kein Mord aus Habgier, sondern der Enkel war sturzbesoffen und sowieso schon gewalttätig. Aber an sich ist es eine gute Frage. Ich weiß das gar nicht so genau.«

Häupl nickte und machte weiter mit seinem Bericht, während der Kollege endlich den unangenehmen Anruf erledigte.

»Hallo Chef...«

»Ach, der Herr Herzl. Bessere Verbindung jetzt, was?«

»Geht so. Kommt immer drauf an...«, Herzl konnte sich diese Bemerkung nicht verkneifen.

»Verstehe. Nun, wo drückt der Schuh? Wo Sie sich offiziell doch im Urlaub befinden«, kam süffisant die Antwort.

»Verbesserung, Chef. Urlaub beginnt dann, wenn ich mit meiner Arbeit fertig bin. Im Moment erstellen wir den Bericht. Dazu gleich die Frage: Die Presse hier ist zwar recht zurückhaltend, aber nun hat sich herumgesprochen, dass wir bei der Mördersuche erfolgreich waren. Dass ausgerechnet ein Familienmitglied den Opa auf dem Gewissen hat, hat auch die Journalisten aufgeweckt. Wer ist nun für die Presse zuständig?«

»Na, die Beamten vor Ort. Ich hätte auch lieber den KHK Schatz bei der Arbeit, aber zur Not tun Sie das auch, mein lieber Herzl.«

Herzl ärgerte sich schwarz und hatte Mühe, einen ruhigen Ton zu bewahren.

»Gut, Chef, wenn Sie mir grünes Licht dafür geben, dann spreche ich mit den Presseleuten.«

»Wie geht es dem Schatz?«

»Den Umständen entsprechend, sagte der Arzt. Aber er sitzt schon wieder im Bett und ist sauer, weil er nicht raus darf. Also denke ich, dass es bald wieder gehen wird.«

»Er soll an die Krankmeldung denken.«

Herzl atmete tief durch und presste schließlich hervor: »Ich werd‘s ausrichten. Servus, Chef.«

»Servus, Herzl.«

Ja, der KHK Schatz wäre natürlich besser geeignet gewesen, um mit den Zeitungsfritzen zu reden. Er selber hatte es nicht so mit Diplomatie und war auch schon äußerlich eher der legere Typ. Aber nun, man wuchs mit seinen Aufgaben!

»Wie komme ich an die Presse ran?«

»Machen wir doch einen Termin gleich für alle.«

»Eine Pressekonferenz?«

»Na, ich würde das hier nicht so nennen. Das sind zwei Leute, von jedem Lokalblatt einer. Aber dann erledigen Sie das in einem Aufwasch.«

»Würden Sie den Termin machen?«

»Klar!«

Ja, klar! Häupl war patent und würde das mit links erledigen.

Herzl setzte sich an den Schreibtisch und schaute sich die Unterlagen durch, die Häupl schon vorbereitet hatte. Den könnten sie in München gut gebrauchen. Aber wenn er nun mal nicht wollte...

Natürlich hatte der begabte Oberwachtmeister innerhalb von zwei Minuten einen gemeinsamen Pressetermin arrangiert und auch gleich den Kollegen draußen Bescheid gesagt, dass sie die Journalisten zu ihnen durchlassen sollten.

»Ich denke, wir haben alles beieinander. Die unterschriebenen Aussagen aller relevanten Zeugen. Die Unterlagen zu den weiteren Ermittlungen, nicht dass uns einer vorwerfen kann, wir hätten nur in eine Richtung ermittelt, das Geständnis der Frau Grüninger Adele. Alle Bilder und Berichte.« Herzl schob die Unterlagen zusammen und brachte sie in eine bestimmte Reihenfolge.

»Würden Sie einen Akt dafür anlegen?«

»Klar.«

Klar! Was sonst?

Eine Stunde später standen die Vertreter beider Lokalzeitungen im Büro. Häupl hatte noch einen Stuhl herangeschafft und beobachtete interessiert, wie Herzl sich aus der Affäre zog. Er sagte nicht zu viel, nannte keine Namen, was hier ohnehin keine Relevanz hatte, da jeder jeden kannte, und informierte über ihr Vorgehen und die Ergebnisse.

Als die Zeitungsleute wieder weg waren, nickte Häupl anerkennend.

»Dafür, dass Sie das nicht so gern tun, haben Sie das ziemlich gut gemacht.«

»Lob aus berufenem Munde! Vielen Dank, Häupl. – Und Sie sind sicher, dass Sie nicht mitkommen wollen nach München?«

»Absolut sicher!« Häupl grinste und fuhr fort mit seiner Archivierungsarbeit.

Herzls Smartphone vögelte. Er hatte sich den prägnanten Klingelton ausgesucht, weil er das Ding grundsätzlich überhörte. Nun pfiff es so, wie man einer hübschen Frau nachzupfeifen pflegte, falls man es nötig hatte. Immerhin sprang er auf den Ton sofort an.

»Bert? Was ist los?«, meldete er sich, als er die Nummer gesehen hatte.

»Hör zu, da hat mich gerade die Frau Rudlhofer angerufen. Ihre Großmutter liegt im Sterben und sie möchte noch was loswerden. Könntest du da mit dem Häupl hinfahren?«

»Was kann das noch sein?«

»Keine Ahnung, hört es euch an und die gute Frau kann in Frieden gehen. Servus!« Schatz legte kurzerhand auf.

Herzl schaute verwundert auf das Display seines Handys. Das waren ja ganz neue Töne vom sonst so verkopften Kollegen.

»Häupl, packen Sie das Zeug sicher weg und kommen Sie. Wir haben einen wichtigen Termin.«

Häupl seinerseits sah ihn überrascht an, räumte die Unterlagen aber dann sicher in den abschließbaren Schreibtisch, schnappte sich seine Mütze und die Jacke und folgte Herzl hinaus auf den Parkplatz.

Obgleich sich der Spätsommer sehr lange gehalten hatte, war es über Nacht empfindlich kühl geworden, so dass Herzl in seiner dünnen Jacke, der einzigen, die er mithatte, fror.

»Wohin geht's denn?«, fragte Häupl, als er hinter dem Steuer saß und wissen musste, welche Richtung er einschlagen sollte.

»Zu den Rudlhofers. Die alte Frau stirbt erst, wenn wir da waren.«

»Was??«

»Ach, fahren Sie schon los.«

Die Frau Rudlhofer, Leni, 104 Jahre alt, lag in ihrem Seniorenzimmer im Haus der Enkelin und sah sehr klein und sehr zerbrechlich aus. Anders noch als vor zwei Tagen bei der Vernehmung war ihr Teint fahl und die Wangen eingefallen. Sie hatte die Augen geschlossen und Herzl und Häupl sahen sich ratlos an. Die Enkelin schob sie resolut weiter ins das Zimmer, das leicht abgedunkelt war, ansonsten aber frisch und sauber roch und grundsätzlich als angenehmer Aufenthaltsort für eine 104-Jährige durchging.

Herzl kannte die Rudlhofer-Oma noch nicht, weil er beim ersten Besuch seinen Schuh hatte föhnen müssen. Aber

Häupl hatte einen Draht zu ihr. Er mochte die kleine Greisin, deren Augen ihn noch so wach angeblickt hatten.

»Oma! Die Herren Kriminaler san da.« Die kleine, rundliche Frau Rudlhofer-Stelzer, beugte sich über die Großmutter und strich ihr über die Haare.

»Wissen's, seit gestern geht's ihr aaf oamol so richtig schlecht. Sie is schwach und kon kaum mehr reden. Der Doktor moant, es war hold des Alter, do geht sowos echt schnöll manchmal.«

»Sie tun ja alles, was in Ihren Kräften steht, Frau Rudlhofer-Stelzer. Da sollten Sie sich keine Gedanken machen. Ihre Frau Großmutter hatte ein langes und wie es scheint auch erfülltes Leben.«

Herzl war ganz der galante Gentleman und wunderte sich selber darüber. Konnte es tatsächlich sein, dass er gezwungenermaßen aus dem Schatten des Kollegen heraustrat und nun auch die bisweilen unangenehmen Aufgaben übernehmen musste? Ohne Wenn und Aber, ohne Lamento, das er so gerne anbrachte, wenn ihm etwas nicht passte?

Er tat es der Enkelin gleich und beugte sich seinerseits über die alte, gebrechliche Frau.

»Sie wollten uns noch etwas sagen, Frau Rudlhofer.«

Leni Rudlhofer öffnete die trüben Augen und schien Herzl anzuschauen. Trotzdem wirkte ihr Blick entrückt.

»Die Else. Mir hod tramt heid Nacht. Sie möchte ihren Friedn ham. Suachts den, der sie umbrocht hod. Wirklich umbrocht.«

»Was meinen Sie? Frau Rudlhofer?« Herzl hatte für einige Sekunden das fatale Gefühl, dass die alte Frau dahingeschieden war, da öffnete sie die Augen erneut. Weit diesmal.

»De Kugel hod ned ihra gherd...« Sie schloss die Augen wieder und der Kopf fiel ein wenig zur Seite.

Herzl schaute hilflos zur Enkelin.

»Sie schlaft wieda. Schaung's sie schnauft ja no.«

»Äh?« Herzl und Häupl traten zurück und warteten ab.

»I glaub, des wars, wos sie eana no mitgem wollt.«

»Hat Ihre Großmutter vielleicht mit Ihnen mal drüber gesprochen, was damals wirklich passiert ist?«

»Tuat mia echt leid, owa i hob s'erste Mol davo ghert, wei sie des mit eana gred hod. Vorgestern.«

Frau Rudlhofer-Stelzer zog auch den zweiten Vorhang zu und ließ nur einen Spalt Sonnenlicht hereinscheinen.

»Lass ma's en Frieden. I glaub, die Oma hod de Nosn voll vo dem Lem.«

Sie komplimentierte die beiden hinaus.

»Was machen wir jetzt damit?« Herzl dachte laut nach, als er sich – wie immer schlampig im Gurt hängend – von Häupl zur Wache kutschieren ließ.

»Der Grüninger hat sie erschossen. Da war noch einer, der in ihrer Nähe stand. Sie wollte nicht wildern, obwohl sie eine Waffe dabei gehabt hat. Oder vielleicht wollte sie doch wildern, hatte auf jeden Fall aber noch was anderes zu tun in dem Wald. Wer hat sie *wirklich* umgebracht?« Er fuhr sich durch die Haare, die wie immer in alle Richtungen standen.

»Wir schließen den aktuellen Grüninger Fall ab und schauen mal, was wir vom uralten Holzhauer-Mord haben.

Eins nach dem anderen.« Häupl trommelte nervös auf das Lenkrad. »Mich macht das gerade ziemlich kribblig. Wie die alte Frau da lag und so daherredete. Fast prophetisch. Ob das so stimmt, dass das ganze Leben an einem vorüberzieht, wenn man dem Tod nahe ist?«

»Irgendwie hab ich das Gefühl, seit ich da bin, dass mein ganzes Leben an mir vorüberzieht. So, als wär da noch was, auf das ich grad nicht komme.«

Die Begegnung mit der sterbenden alten Frau war an beiden nicht spurlos vorübergegangen.

Letztendlich machten sie es so, wie Häupl vorgeschlagen hatte. Der archivierte das Material des Grüninger-Falles akribisch und Herzl kontrollierte noch einmal alle Vorgänge. Irgendwann an diesem Tag würde die Grüninger Adele ins Untersuchungsgefängnis abtransportiert werden und der Akt bei der Staatsanwaltschaft landen – und in Kopie beim Chef in München.

Alle wichtigen Unterlagen zum Holzhauer-Thema, die auch Teil des Grüninger-Berichtes waren, hatten sie sich allerdings selber noch einmal kopiert.

Sie würden sich die Fakten in den kommenden Tagen gründlich durch den Kopf gehen lassen.

# Kapitel 13

Rödel stand im Büro und betrachtete die Pinnwand, die nun mit allerlei Unterlagen über das Holzhauer-Drama gefüllt war. Er runzelte die Stirn, ärgerlich.

»Wos leng die uns eizat wieda fir a Oa?«, herrschte er die Putzfrau des Reviers an, die gerade mit Putzeimer und Schrubber bewaffnet an ihm vorbeiging.

»Wos fia Oia?«

Sie wusste nichts von Eiern und den Dingen, die da an der Wand hingen. Hier auf dem Revier ging man als Putzfrau allen Vorgängen besser aus dem Weg. Auf diese Weise geriet man in nichts hinein und konnte guten Gewissens sagen, dass man nichts wusste, falls die Nachbarin fragte.

»Ach, nix Moni. Passt scho!« Rödel schloss die Tür hinter ihr und vertiefte sich wieder in seinen Wandcomic. Er war so konzentriert bei der Arbeit, dass er weder hörte, dass jemand den Gang entlang kam, obwohl Herzl und Häupl durchaus nicht leise waren, noch der flockig aufgestoßenen Tür ausweichen konnte.

»Scheiße! Passt's doch auf!« Er hielt sich den schmerzenden Ellenbogen, an den die Türklinke geknallt war.

»Da steht man auch nicht rum, Herr Rödel.«

Herzl nahm den wichtigen Oberpolizisten locker. Seit er Schatz' Platz hier übernommen hatte, fiel ihm plötzlich auch ein, was er dem Rödel jeweils vor den Latz knallen wollte. Aus einem unerfindlichen Grund machte ihm die Kabbelei mit dem Dreisternegeneral richtig Spaß.

»Wenn Sie ein langsamer Leser sind, setzen Sie sich doch hin«, setzte Herzl mit undurchdringlicher Miene noch eins drauf und schob Rödel den Schreibtischstuhl hin.

Der reagierte ungehalten.

»Was wärmen Sie den alten Fall jetzt wieder auf?«

»Wir sind drum gebeten worden.«

»Von wem?«

»Einer Respektsperson.«

»Ich habe nichts gesagt.«

»Ich wäre auch nicht auf die Idee gekommen, Sie zu meinen.«

»Der Bürgermeister auch nicht.«

»Den hab ich ganz sicher auch nicht gemeint.«

»Ihr Chef, der Gruber?«

»Sicher nicht.«

»Spielen wir hier ›Drei Fragen hinter der Tür‹ oder was?«

»Eine Dame, die damals quasi dabei war. Die hat mich drum gebeten. Respektive uns. Mich und den Häupl, also, den Häupl und mich, natürlich.«

Herzl bemühte sich, vollkommen ernst und sachlich zu wirken. Was Rödel noch mehr auf die Palme brachte.

»Der Häupl ist hier fertig, würde ich sagen...«

»Noch sind wir hier. Und sie sagten, so lange wir hier sind...«

»Ach, macht's doch, was ihr wollt.«

Rödel schlug die Tür zu, dass der Herr Ministerpräsident und der Lebensretter, dem er die Hand schüttelte, klirrend zu Boden gingen.

Herzl hob das Bild auf und fegte die Scherben mit dem Schuh zusammen. »Schad' drum. Ist ein schönes Foto.«

Häupl machte eine bedrückte Miene.

»Ich weiß nicht, ob der mich noch lange beim Team lässt. Wenn das so weitergeht, gehe ich vielleicht doch noch mit nach München.«

»Die Einladung steht, sozusagen. – So, jetzt schauen wir mal, was uns die Pinnwand sagt.«

Herzl setzte sich auf Rödels unbenutzten Stuhl und schaute die Vorgänge an, so wie sie Häupl und er am gestrigen Abend noch sortiert hatten.

»Die Holzhauerin geht mit Gewehr und Rucksack in den Wald. Jeder glaubt, sie würde wildern. Dort, am Waldrand, trifft sie einen Bekannten. Da kommt der Grüninger aus dem Busch und erschießt sie. In Notwehr. Fall abgeschlossen, ein Wilderer weniger. Ich vermute, der Militärregierung war's wurscht, welcher Nazi wem die Kugel gab. Also auch keine Untersuchung. Jedenfalls war nichts davon im Akt zu finden. Aber Volkes Stimme gibt keine Ruhe. Sie reden über den Fall. Jeder weiß ein wenig was und so fühlen sich Jahrzehnte später Journalisten dazu bemüßigt, die alte Sache wieder auszugraben und weiterzuverfolgen. Allerdings ohne wirkliche Ergebnisse. So, auf der anderen Seite sind da vier unmündige Kinder, die jetzt die Arschkarte haben. Sie werden getrennt und sind sicher nicht auf der Sonnenseite des Lebens gelandet. Drei von ihnen sind tot. Einer weit weg. Ende Gelände.«

Er drehte sich auf dem Stuhl zu Häupl um, der an seinem Stammplatz beim Computer saß, zurückgelehnt, die Beine weit von sich gestreckt und die Hände über dem Bauch gefaltet. Er hatte Herzl aufmerksam zugehört.

»Und jetzt kommt die 104-jährige Leni und sagt, wir sollen den wahren Mörder der Else finden«, setzte er nun hinzu.

»Hm.«

»Hm.«

Sie schwiegen. Das Kombinieren funktionierte zwischen ihnen nicht ganz so gut, wie zwischen Herzl und Schatz, aber findig war Häupl allemal.

»Ich würde sagen, wir versuchen noch einmal, mit dem Hermann Holzhauer in Verbindung zu treten. Er war damals immerhin dreizehn Jahre alt. Praktisch der Mann im Haus. Mit dreizehn war man zu der Zeit durchaus erwachsen.«

Herzl nickte. »Ist der einzige Weg, den ich momentan sehe. Also, rufen wir doch mal in dem Hotel in Venezuela an.«

Häupl suchte aus seinem Zettelhaufen die Nummer des Hotels, die er sich bereits aufgeschrieben hatte. Dann hob er den Kopf noch einmal, die Szene aus dem Wald plastisch vor sich.

»Da war der Grüninger und der Rudlhofer. Vielleicht war da ja noch einer, ein dritter. Vielleicht stammt die Kugel gar nicht aus der Grüninger-Waffe, sondern aus einer anderen. Und der Grüninger, der als einziger quasi das Recht hatte, einen Wilderer zu erschießen, wurde geschmiert, dass er das auf sich nahm. Wie ging's den Grüningers denn damals, so finanziell?«

»Interessanter Gedanke. Wissen Sie noch, diese Inschrift an dem Wegkreuz?«

»*Wanderer, bedenk des Todes Fänge hier, doch bleib nicht stehen, geh drei Schritt weiter, sonst krachts womöglich hinter dir und du stehst auf der Himmelsleiter*«, rezitierte Häupl, der mit scharfen Augen den Text von der Pinnwand abgelesen hatte.

»Wurde es eigentlich jemals festgestellt, ob die Else von vorne oder von hinten erschossen wurde?« Herzl schlug mit beiden flachen Händen auf die leere Schreibtischplatte vor ihm. »Das ist doch alles Blödsinn. So viele ungeklärte Fragen, weil es damals keine brauchbare Untersuchung gab. Alle, die behaupten, dass da was faul ist, haben sicher oberrecht. Der Grüninger war entweder der Sündenbock, oder ist, wie Sie schon vermuteten, geschmiert worden.«

»Ob es außer der Leni noch jemanden gibt, der die Tote gesehen hat oder etwas über die Vorgänge damals weiß?«

»Wie alt ist der Trapper?«

»Alt.«

»Vielleicht der? Ich meine, jeder, der um die fünfundsiebzig und älter ist, hat vielleicht noch irgendwas mitbekommen damals. Auch Kinder haben ihre Ohren überall.«

»Wenn wir Ihre Julia mal fragen? Die könnte nachschauen, wen wir in der Gemeinde Damling haben, der in etwa so alt ist und auch damals schon da war.«

»Das ist mal ein brauchbarer Vorschlag« Herzl war Feuer und Flamme, aus vielerlei Gründen. »Ich fahr dann mal raus und anschließend zum Schatz ins Krankenhaus.«

Er ließ keinen Zweifel darüber aufkommen, wer die Gemeindeverwaltung aufsuchen würde.

»Servus Schorschi!« Julias Gesicht leuchtete auf, als sie ihn ins Büro kommen sah. »Was führt di zu mir her?«

»In erster Linie mal du selber. Und dann brauch ich was von dir.«

»Weißt du eigentlich, dass i die Frisur unheimlich gern hab?« Sie sah nicht so aus, als würde sie sich über ihn lustig machen.

»Wie meinst du das jetzt?«

»Immer so durcheinand. Echt halt. Ned so aufgramt wie die andern immer.«

»Aufgramt?«

»Aufgeräumt, also ordentlich halt. Mei, Herzl, du solltest dir mal ein Wörterbuch kaufen.«

»In was? Kisuaheli.«

»Haha. Sehr witzig. – Also, was brauchst denn?«

»Ist der Herr Bürgermeister da?«

»Nein, Familiensitzung. Ist schon eine große Sache, das mit dem Kurt und der Adele.«

»Kann ich mir vorstellen. Weißt du, wenn wir in München solche Fälle haben, interessiert das oft nicht mal denjenigen, der in der Nachbarwohnung wohnt. Und hier ist alles Dorfes Sache.«

»Ja, so is halt bei uns. Also?«

»Ich bräuchte eine Liste von allen Leuten, die vor 1940 ungefähr geboren sind. Und am besten noch in Damling geboren und immer hier gelebt haben. Geht das?«

»Kann ich dir schon rausselektieren. Dauert aber ein wenig. Magst an Kaffee?«

»Ja, gern.«

Sie schenkte ihm eine Tasse aus der Kaffeemaschine ein, die hinter ihr auf einem Regal stand. »Schwarz, oder?«

Er grinste.

Sie setzte sich an einen anderen Computer, der in einer Ecke im Büro stand und begann die Liste aufzurufen. Herzl sah, wie das Programm arbeitete und schließlich eine Liste auswarf. Julia druckte sie aus.

»Wofür brauchst denn die?«

»Wir beschäftigen uns gerade noch mal mit dem Holzhauer-Fall. Weil wir Zeit haben, so lange der Schatz noch im Krankenhaus ist.«

»Wie geht's ihm denn?«

»Ganz gut. Dem ist schon wieder langweilig.«

»Na, gottseidank hams ihn noch rechtzeitig erwischt. Hätt blöd ausgehn können, so ein Blinddarmdurchbruch.«

»Also, heute um acht bei unserem Italiener?«

Ihre Miene nahm einen träumerischen Ausdruck an. »I wollt scho immer mal sagen können ›unser Italiener‹. Hört si so intim o.«

Herzl dachte bei sich, dass das durchaus schön wäre, zumindest der Teil mit dem ›intim‹.

Laut sagte er: »Finde ich auch. Also?«

»Alles klar!«

Er hatte sich schon zum Gehen gewendet und dabei die Liste überflogen, da kam ihm noch ein Gedanke.

»Du, sag mal. Du kennst doch die meisten Leute hier. Könntest du mir sagen, wer noch gut bei Verstand ist? Also, wen man eventuell noch befragen kann? Wir sollten bei den älteren anfangen.«

»Ja, normalerweise kenn ich die alle. Zeig mal her.«

Sie nahm die drei Blätter, die hinten und vorne bedruckt waren und markierte mit einem Textmarker all jene, die Herzls Vorstellungen entsprachen.

»Doch noch so viele? Gibt es einen heißen Tipp?«

»Also, der Johann Wichtig, der is mal Lehrer gwesen und macht jetzt ehrenamtlich das Kirchenarchiv. Der könnt no was wissen. Dann der Lobensteiner Rudi, also, Rudolf, der is scho weit über neunzig, aber voll bei Birne. Und die Edenhofer Kathl, also Katharina. De war eine meiner Vorgängerinnen do herin. Wenn jemand wos woas, dann de. Und de is a scho fast neunzig. Probiers mal bei dene drei. Ach ja, die Dieterskirchen Brunhilde. Die war Leichenwäscherin. Die is ens Haus kemma und hod die Leid mit ehrane Toten gholfa. Herrichten und aufbahren.«

»Aber wahrscheinlich ist sie zu jung, um damals schon dabei gewesen zu sein«, sagte Herzl mit Blick auf das Geburtsdatum.

»Aber wos i weiß, war ihr Mutter des a scho. Fragen kost ja nix.«

»Also, Julia-Maus. Du hast mir sehr geholfen. Vielen Dank!«

Er marschierte rund um ihren Schreibtisch und küsste sie direkt auf den Mund. Sie küsste zurück. Durchaus intensiv. Was ihn überraschte. Und auch wieder nicht. Er konnte es kaum erwarten, seine Gigante heute Abend zu bestellen ... und zu bezahlen ... und mit der Julia heimzufahren.

Er hatte Häupl in der Wache abgeholt, weil die heutigen Kunden ganz und gar nicht seiner bevorzugten Altersgruppe entsprachen und ganz sicher auch nicht dieselbe Sprache sprachen wie er.

»Also, Häupl, jetzt können Sie mal zeigen, was in Ihnen

steckt. Die Interviews dürfen Sie diesmal ganz allein führen«, lockte ihn Herzl.

Die Rolle des Notizbuchhalters und Mitdenkers lag ihm ohnehin eindeutig mehr.

»Ich würde sagen, ich hab schon gezeigt, was in mir steckt. Aber die Interviews führe ich ganz gerne.« Häupls hintergründiger Humor amüsierte Herzl und er grinste.

»Alles klar, dann.«

Das war gute alte Polizeiarbeit, wobei das ›alt‹ in mehrfacher Hinsicht zutraf. Nicht nur aufgrund der Jahre der Klienten.

»Mei!«, sagte die Frau Edenhofer, »An die Else kon i mi scho erinnern. Scheine Aung hods de Mana gmocht. Mein Adolf a. Dann is er araweil aaf Boacharies ganga, zum Himmelwirt.« Später erklärte Häupl ihm, dass es sich bei dem Ort um das nächste größere Dorf handelte, das Buchenriss auf Hochdeutsch hieß. Es war Schatz Geburtsort und Herzl nahm sich vor, den Kollegen bald einmal danach zu fragen.

Ansonsten wusste die Frau Edenhofer nicht allzu viel zu berichten, außer, dass ihre Abneigung gegen die männerfressende Else mit den Jahren offensichtlich noch gewachsen war.

Die Wahrnehmung der beiden Männer auf der Liste war durchaus differenzierter. Naturgemäß spielte Eifersucht bei ihren Erinnerungen eine untergeordnete Rolle.

Und der Lobensteiner Rudolf war damals immerhin in seinen besten Jünglingsjahren gewesen.

»Ja, de Else. Der Rudlhofer is aaf de gstandn. Des war damals no a Junggsell und frisch ausm Osten kema. A

Flüchtling hold a. Der hod de Else kennt und ihr nochgstöllt. Owa da Wirt hod des gspannt und dem hod des ned passt, weil der ira a nochgstöllt hod. Wei de en dera Nacht daschossn worn is, do hods ghoißn, dass der Wirt irgendwei mit drinhängt. Owa wos genaus is nia ausakemma, weil de alle gmauert ham.«

Das war ja nun wieder interessant. Der alte Herr sprach langsam und trotz des intensiven Dialekts erfasste Herzl den Sinn seines Berichtes.

»Wissen Sie, ob die Else Wildbret bei sich hatte, als sie erschossen wurde?«

»Hod sie ghabt. An Hosn. De Else hod guad schuißn kinna. Und sie hod jede Woch irgendwos gschossn. Ehrlich, do hod koana so genau higschaut. Sunst heid ma des hoiwate Dorf daschuißn meisn.«

»Wer war eigentlich der Wirt damals? Der, bei dem die Else gewohnt hat?«

Herzl schaute Häupl überrascht an. Gute Frage!

»Lorenz Schmauß hod der ghoißn. Des war da Schwager vom Grüninger, also, dem Polizisten.«

»Gibt es diesen Schmauß noch?«

»Na, der is kürzlich gstoam. Owa iwa neinzge is der worn. Hod sei Frau und alle seine Kinda iwalebt. A ned leicht, sowos.« Rudolf Lobensteiner fixierte einen Punkt in weiter Ferne. »Sei Bua, der Wolfi, is kaum ein Jahr später unterm Bulldog kemma und gstoam. Und de andern Kinder san a ned old worn. Die Walburga, sei Frau, ist an am Gehirnschlag gstoam, de war a ned a mol sechzg Johr old.«

Herzl überkam ein seltsames Gefühl. So, als ob sich da plötzlich eine Tür auftun würde.

»Haben Sie eine Vorstellung davon, wie sich das damals abgespielt hat?« Häupl hatte nichts zu verlieren, deshalb ging er jetzt den direkten Weg.

»I glaub, dass der Grüninger goa ned gschossn hod. Der is do bloß mit einezong worn. Der Rudlhofer war no mit em Woid. Der war owa en Ordnung. I glaub, dass der de Else irgendwei schützn wollt.«

»Vor wem?«

»Der Wirt war koa Kind vo Traurigkeit. Sei Olde war des scho gwohnt, owa i glaub, dass der Rudlhofer dem Wirt des deutlich mocha wollt, dass er de Else en Rua lassn sollt.«

»War der Wirt mit im Wald?«

»Des woas i ned. I kon bloß song, wos i woaß.«

Aber das, was der Herr Lobensteiner wusste, war durchaus eine interessante Geschichte!

Schließlich schloss sich der Kreis bei der Leichenwäscherin, der Brunhilde Dieterskirchen. Wie Julia schon gedacht hatte, war ihre Mutter damals im kleinen Dachzimmer der aufgebahrten Else Holzhauer gewesen.

»Mei Mama hod immer gsagt, dass sie des scho interessiern dad, wie des wirklich war damals draußen em Woid. Wie kon denn jemand an Wilderer in Notwehr daschuißn, wenn de Kugel den vo hinten trifft?«

Ja, das passte gut zu allem anderen. Jetzt war nur noch die Frage, aus wessen Waffe die Kugel stammte, die die Else Holzhauer getötet hatte.

»Warum hat sie das der Polizei denn nicht gesagt?«

»I woas ned...« Die Brunhilde schaute mit scheuem Blick zu den Beamten, von einem zum anderen.

»Schaun Sie, Frau Dieterskirchen. Die Sache ist vorbei. Aber es ist doch an der Zeit, dass die Else Holzhauer auch ihren Frieden bekommt. Alle, die damals beteiligt waren, sind doch tot. Jetzt kann nur noch der Fall selber aufgeklärt werden.«

Die alte Frau legte die Hände in ihren Schoß. Sie saß in einem überdimensionalen Ohrensessel und Häupl hatte sich instinktiv neben sie gehockt. Augenhöhe sozusagen. Herzl hielt sich im Hintergrund, weil die Befragung durch den jungen Kollegen hervorragend funktionierte.

»Der Wirt war bei der Mama. Zwoa Dog hintnache. Als die Mama bei der Polizei war und des mit dera Kugel gsagt hod, also, dass de Else vo hinten daschossn worn is. I war grod im Schlafzimmer und hob de Betta gmocht und der Schmauß hod mi ned gseng. Dann hod er zu meiner Muatta gsagt, dass sie des Maul holdn soll, weil sie des iwahabt nix ogeit. Wos ebba a so a trutschige Leichenwäscherin, de se grod so fuatbringt, bei der Polizei orichtn wöll. Und wenn sie no a mol des Maul aufmocht, dann wird er dafia sorgen, dass sie aus dem Dorf aussifluigt. Und außerdem is en dera Waffn, de de Else daschossn hod, no a Kugel mera drin.«

»Das war ja eine offene Drohung!«

»Mei Mama hod uns alle verboten, jemals no wos iwa de Sach zum song. Und es is a nia wieda wos gsagt worn. Em ganzen Dorf ned.«

Häupl erhob sich.

»Frau Dieterskirchen. Sie haben uns sehr geholfen und ich glaube, Sie haben auch der Else geholfen, dass sie nun in Frieden ruhen kann. Vielen Dank.«

»Sie san a Netta! Und Sie san wirklich vo da Polizei?«

»Schon, Frau Dieterskirchen. Aber auch bei der Polizei gibt es nette Leute! Alles Gute für Sie!«

»Und was machen wir jetzt damit?«

Die beiden Polizisten saßen auf ihren angestammten Plätzen im Büro. Häupl tippte mit einem Kugelschreiber genervt auf die Schreibtischplatte und Herzl faltete an einem Stück Papier achtlos herum. Er war es auch, der diese schwierige Frage gestellt hatte.

»Den Akt neu anlegen und die neuen Erkenntnisse darin ablegen. Die zwei Alten ihre Aussage unterschreiben lassen und damit festlegen, dass der Grüninger ein Bauernopfer war und der Schmauß der Else in den Rücken geschossen hat«, antwortete Häupl und hörte endlich mit dem Gemorse auf.

»So machen wir das. Also, schreiben Sie die Aussagen auf und fahren Sie nochmal zu den Zeugen zur Unterschrift. Lesen Sie es den Leuten vor und sehen Sie zu, dass jemand aus der Familie mithört und mit unterschreibt, dass alles mit rechten Dingen zugegangen ist.«

Häupl machte ein bedrücktes Gesicht.

»Schon seltsam, dass der älteste Bub von dem Schmauß nur ein Jahr später unter diesen Traktor geriet und jämmerlich erstickt ist«, sinnierte er. »Und der ganze Rest von der Familie...«

Herzl beugte sich nach vorn und übergab Häupl das zerknitterte Papier, damit der es in den einzigen Mülleimer warf, den es im Raum gab.

»Vielleicht eine schräge Strafe Gottes. Vielleicht auch reiner Zufall.«

»Bei den Geschichten im Alten Testament sind auch immer die Familienmitglieder umgekommen, wenn Gott jemanden bestrafen wollte«, dozierte Häupl und Herzl machte große Augen.

»Altes Testament, wie?«

»Ja, warum nicht?«

Herzl wollte das Thema nicht vertiefen und stand auf.

»Ich fahr mal zum Bert und werde ihm Bericht erstatten. Sie kommen ja alleine recht gut klar.«

»Immer doch.«

Herzl nahm seine zu dünne Jacke und fuhr ins Krankenhaus, wo er Schatz in alle neuen Erkenntnisse einweihte.

Der saß bereits am Fenster und schien sich unendlich zu langweilen. Immer noch hingen Infusionsflaschen um ihn herum.

»Zwei Fälle in vier Tagen geklärt. Kein schlechter Schnitt«, lobte er das Team einschließlich sich selber, nachdem Herzl zu Ende erzählt hatte.

Beide aßen mit Genuss die Leberkässemmeln, die Herzl in weiser Voraussicht mitgebracht hatte, um Schatz Laune ein wenig zu erhellen.

»Ich wusste gar nicht, wie gut warmer Leberkäse schmecken kann und dann noch in einer frischen, krossen Semmel«, schwärmte der prompt und Herzl gab ihm im Geiste recht.

»Seltsame Fälle mit vielen Sackgassen«, grübelte Schatz. »Aber diese Grüninger Adele ist schon ein komisches Frauenzimmer. Haut ihrem Schwiegervater einfach das Messer in den Rücken. Blöderweise hat sie es auch noch extra geholt. Also auch noch Vorsatz.«

»Ganz ehrlich: Ich glaube, dass die nicht ganz dicht ist. So kalt wie sie meistens wirkt, dann kurz mal nervös wird, praktisch eine andere Person, und sofort wieder einfriert. Irgendwie gruselig das Weib.«

»Ob die Arbeit auf dieser Sterbestation zu so was führt? Der Tod als tägliche Routine?«

»Ich will gar nicht drüber nachdenken, was die auf der Station so alles anstellt.«

»Überlassen wir diese Gedanken der Staatsanwaltschaft. Unser Fall, respektive unsere Fälle sind gelöst. Das reicht mir. Ich möchte endlich wieder einen Schrank aufmachen und eine Auswahl an frischen Klamotten haben. Und einen Saufen gehen beim Alexandro und beim Chinesen was zu Essen holen.«

»Ich weiß nicht, Bert. Das Leben hier hat schon auch was.«

»Schon klar. Dralle Julias, schätze ich.«

Herzl grinste. »Oder so.«

»Und Häupls, die pfiffig zuarbeiten und nicht auf ihre Arbeitszeit pochen, so wie der Heiner.« Jetzt grinste auch Schatz in Erinnerung an ihren Münchner Kollegen.

Herzl zuckte mit den Schultern. »Also, wann kommst du raus?«

»Wenn es so weitergeht am Montag. Das Wochenende wollen die mich noch da behalten.«

»Na dann. Ich nehme jetzt meinen Urlaub, wie's ausschaut. Bis heute Abend sollten alle Akten fertig sein.«

Sie waren fertig und Herzl trennte sich schweren Herzens vom uniformierten Kollegen.

»Sieht so aus, als müsste ich Sie dem Rödel zurückgeben.«

»Ich hab viel gelernt von Ihnen. Vielleicht überlege ich mir noch, die Kriminaler-Laufbahn einzuschlagen. War echt spannend.«

»Ja, auch mit Ihnen. Danke für Ihre Mitarbeit. Wir werden es lobend erwähnen.«

»Danke auch!«

Sie verließen beide miteinander das Büro, das nun wieder in seinen Urzustand versetzt worden war. Lediglich der prallgefüllte Papierkorb zeugte noch von intensiver Kopfarbeit.

»Also, Herr Rödel. Die Arbeit ist getan und wir machen uns jetzt vom Acker. Soll heißen, ich bleibe noch im Lande, so lange Schatz im Krankenhaus ist.«

»Dann wünsche ich den Herren Kriminalern noch viel Glück weiterhin.«

Rödels Miene war undurchdringlich und sein Handschlag nicht mehr als verbindlich.

Da es nichts mehr weiter zu sagen gab, verabschiedete sich Herzl noch mit einem »Servus miteinander!«, und verließ die Wache.

# Kapitel 14

Julia hatte Tränen in den großen Augen.

»Also ehrlich. I hab noch nie was mit einem Mann ghabt, ohne was mit ihm zu haben.«

»Ja, geht mir genauso, also mit einer Frau jetzt, in meinem Fall. Eine Woche ohne Sex ist ein sonderbarer Zustand.«

Herzl umarmte sie und spürte noch einmal ihren drallen Körper.

»Muss wohl was Ernstes sein?«

»Muss wohl!«

Keiner von beiden wusste, wie es weitergehen würde und beide vermuteten unabhängig voneinander, dass es nicht weiterging. Die Entfernung zwischen München und Damling war eine Weltreise mit vielen unabwägbaren Gefahren dazwischen.

»Ich schau bei dir vorbei. Echt, des mach i.«

»Und ich würd mich unheimlich freuen. Echt, wirklich!« Herzl lächelte und drückte sie noch einmal. »Und vielen Dank für alles.«

Er löste sich von ihr und marschierte um das Auto herum, um auf der Fahrerseite einzusteigen. Ohne weiteres Aufheben startete er und fuhr weg.

»Du warst eine Woche mit ihr unterwegs und ihr habt nicht...«

Schatz hatte sich auf dem Beifahrersitz eingerichtet und den herzzerreißenden Abschied beobachtet.

»Ach, lass es Bert.«

Herzl war plötzlich nicht mehr der schnöde Draufgänger. Obwohl er es kaum glauben konnte, hatte er hier, in der Wildnis, etwas gelernt: Die Abende mit Julia waren viel besser, als es schnelle Bettgeschichten je sein konnten.

Da die Zuckerrübengespanne heute eine Pause einlegten und das GPS in Richtung Heimat besser funktionierte, schafften sie es in etwas mehr als zweieinhalb Stunden bis zu ihrer Dienststelle. Wobei mindestens eine dreiviertel Stunde dem Großstadtverkehr in München geschuldet war.

Gruber erwartete sie in seinem Büro. Schatz war zwar noch krankgeschrieben, aber ihr Chef hatte darum gebeten, dass er sich kurz sehen ließ. Herzls Quasi-Urlaub war ohnehin vorbei.

»Schön, Sie zu sehen. Nehmen Sie doch Platz.« Gruber hatte sich hinter seinem Schreibtisch postiert und trug den selbstgefälligen Ausdruck einer Katze auf dem Gesicht, die im Begriff war, einer Maus das Leben auszuhauchen.

»Wie ich höre, waren Sie durchaus erfolgreich in der Provinz.« Er blätterte in einem mehrseitigen Papier, das die anderen beiden nicht einsehen konnten.

»In den Zeitungsberichten wird in höchsten Tönen von den Kriminalbeamten geschwärmt, die ein schweres Verbrechen in so kurzer Zeit aufklärten. Und dann noch ein Bericht über die Lösung eines uralten Falles. Gratulation. Gute Quote in vier Tagen.«

Schatz und Herzl wussten, dass jetzt etwas kam, was keiner von ihnen erwarten würde, und sie fragten sich unabhängig voneinander, was die Katze Gruber ausgeheckt hatte.

»Sehen Sie, der Hauptkommissar Rödel war ein Studienfreund von mir, noch von der Polizeiakademie. Er hat sich mit mir besprochen und ich dachte eigentlich, die Ermittlungen zu dem Grüninger Fall könnte die örtliche Polizei übernehmen, wo die Kripo doch so schwach an Leuten war, seit dem Unfall der Kollegen. Aber die in Regensburg meinten, dass die Polizei dort genug zu tun hat und wo man denn da hinkäme, wenn man den Uniformierten plötzlich solche Aufgaben übertrüge. Dann wäre die Kripo über kurz oder lang doch überflüssig. Und recht haben die schon auch.«

Die beiden Kriminaler sahen sich an. Was hatte Gruber vor? Der lächelte entspannt und legte die ominösen Unterlagen wieder zurück auf den Schreibtisch.

»Nun hat der Herr Rödel, ebenso wie die örtliche Presse, Ihnen beiden ein hervorragendes Zeugnis ausgestellt. Sozusagen. Was Sie noch nicht wissen ist, dass die beiden verunfallten Kollegen ihren Dienst entweder noch lange nicht oder überhaupt nicht mehr wieder aufnehmen können. Und da kommen Sie ins Spiel. In Regensburg haben Sie schon lange überlegt, vor Ort eine ... wie soll ich es nennen: Zweigstelle einzurichten. Und Sie beide sind nun schon so bekannt, dass dieser Job Ihnen angetragen wird. Für Sie, Schatz, ist das Ende der Fahnenstange schon erreicht, aber für Sie, Herzl, würde das eine Beförderung zum KOK bedeuten.«

»Umziehen? Dorthin?« Schatz war es, der das zweifelhafte Angebot kaum fassen konnte. »Warum?«

Er schaute zu Herzl, der sich erstaunlich bedeckt hielt. Diese Reaktion machte Schatz noch nervöser.

»Nun, von Ihnen hätte ich erwartet, dass Sie gerne in Ihre alte Heimat zurückkehren würden. Deshalb haben wir auch

Sie ausgesucht und Herzl ist nun einmal Ihr Partner. Und von allen meinen Leuten sind Sie diejenigen ohne Anhang. Da geht's am leichtesten. Sozialverträglich halt.«

Schatz hatte eine scharfe Entgegnung auf der Zunge, doch Herzl legte ihm die Hand auf den Arm.

»Wart doch mal, Bert.« Und zu Gruber gewandt sagte er: »Könnten wir mal kurz unter vier Augen miteinander sprechen?«

»Na klar, ich hole mir einen Kaffee. Auch einen die Herren?«

Beide nickten. Schatz, weil er ein wenig Koffein für den Kreislauf brauchte und Herzl, weil er den Gruber loswerden wollte.

Als der die Tür hinter sich geschlossen hatte, sah sich Schatz einem begeisterten Kollegen gegenüber.

»Mensch, Bert! Wir können da ganz was Neues aufziehen. Allein in einer Dienststelle. Mit einem Oberaufseher, der weit weg ist. In einer famosen Gegend.«

»Du hast einen Knall, Georg! Vor ein paar Tagen dachtest du, du müsstest sterben, weil du eine Kuh gesehen hast, und heute kann es dir nicht schnell genug gehen, wieder in dieses Kaff zurückzukommen. Bloß weil die blonde Julia dort wohnt.«

»Ja, auch, klar. Aber denk doch mal an die Möglichkeiten. Fälle, die man in Ruhe bearbeiten kann, alles entschleunigt. Ich hab das die letzten paar Tage doch gesehen. Das Leben dort hat was. Und der Gruber hat doch recht. Wir haben hier keinen Anhang. Ich nicht, und du auch nicht. Meine Leute sitzen in Stuttgart und deine ... naja, wir haben keine aufgetrieben.«

»Da gibt's niemanden. Sagte ich doch schon mal. Ich weiß nicht. München aufgeben?«

»Die Wildnis gewinnen!«

»Du bist ein Arsch, Georg.« Schatz grinste. »Weiß du was, irgendwie hast du mich überzeugt. Aber ich möchte aus dem Gruber heraushandeln, dass es nur vorübergehend ist. Ein Jahr oder so. Dann wird neu verhandelt.«

»Genau.«

Und so machten sie es. Ein Jahr lang sollten Kriminalhauptkommissar Schatz und der frischgebackene Kriminaloberkommissar Herzl die Mörder in der wilden Oberpfalz aufmischen. Selbstverständlich mit dem neuen Mitarbeiter Oberwachtmeister Häupl.

# Weitere Bücher aus dem Verlagsprogramm

## Kommissar Grantinger

*Ein Menschenherz hängt an der Kirchentür*

Aufregende Dinge kommen im Markt Falkenburg bei Regensburg ins Rollen. Die mächtigste Frau des Orts wird ermordet. Der gefühlvolle, aber auch streitbare Kommissar Grantinger sieht in der schnellen Aufklärung dieses Verbrechens eine Möglichkeit, trotz seiner Strafversetzung noch befördert zu werden. Die Vorbereitung und Durchführung einer Wahlveranstaltung der National Republikanischen Partei (NRP) durch eine Gruppe von 'Jungmannen' der rechtsgerichteten HVD (Hilfe für Verfolgte in Demokratien) erschweren seine Ermittlungen. Schafft es Kommissar Grantinger, in Falkenburg wieder Ruhe und Beschaulichkeit herzustellen? Humorvoll und politisch aktuell stellt Wolf Hamm seinen Kommissar Grantinger vor die Aufgabe, einen Mord aufklären zu müssen.

*ISBN 978-3-95452-677-2*
*211 Seiten, € 11.90*

## Der fünfte Junge

*Flugzeugabsturz am Großen Arber*

Schock für Moritz Buchmann! Der bekennende Naturverweigerer muss in den Bayerischen Wald, um dort den Mord am 84-jährigen Georg Koller aufzuklären. Seine Ermittlungen führen ihn auf den Großen Arber und nach Kirchbach, den Wohnort des Opfers. Bald finden sich Hinweise auf Verbindungen zur Crystal-Szene im nahen Tschechien. Und da gibt es auch noch die Resi mit ihren Geschichten und dieses Bild im Schlafzimmer von Georg. Kommissar Buchmann, der so schnell wie möglich nach München zurückkehren möchte, ahnt, dass er länger im Bayerischen Wald bleiben muss, als ihm lieb sein kann.

*ISBN 978-3-95452-684-0*
*277 Seiten, € 12.90*

## Schwammerlrisotto

*Tatort Regensburg*

In einem Baustofflager findet man einen schwerverletzten kleinen Buben, der Junge könnte im Zusammenhang mit den Verbrechen an zwei weiteren Kindern stehen. Für die Regensburger Kommissare Weinzierl und Oberhauser ein besonderer Fall, der an die Substanz geht. Dann sterben zwei Frauen nach einer Geburtstagsfeier, ursächlich war offenbar der Genuss eines Pilzgerichtes. Der Fall erscheint zunächst einfach, doch dann tun sich unerwartet Abgründe auf.

*ISBN 978-3-95452-643-7*
*284 Seiten, € 12.90*

## Krähentisch

*Inspiriert von einer wahren Begebenheit*

Im Oberpfälzer Jura geschehen seltsame Dinge. Ein junger Handwerker stürzt von einem Gerüst und wird von Amiereisen durchbohrt. Eine alte Bäuerin bricht sich beim Sturz von einer Stiege das Genick. Kriminalkommissar Frieser versucht die Hinweise zu deuten, die einige Frauen wahrzunehmen glauben. Hoch über dem Felsplateau nahe der Burg Wolfstein ziehen Krähen ihre Kreise.
Ihre kehligen Schreie verhallen im Tal…

*ISBN 978-3-95452-680-2*
*150 Seiten, € 9.90*

*Noch mehr Bücher finden Sie in unserem Shop:* ***www.myspielberg.de***